Jorge Amado

Der Gestreifte Kater und die Schwalbe Sinhá

Eine Liebesgeschichte

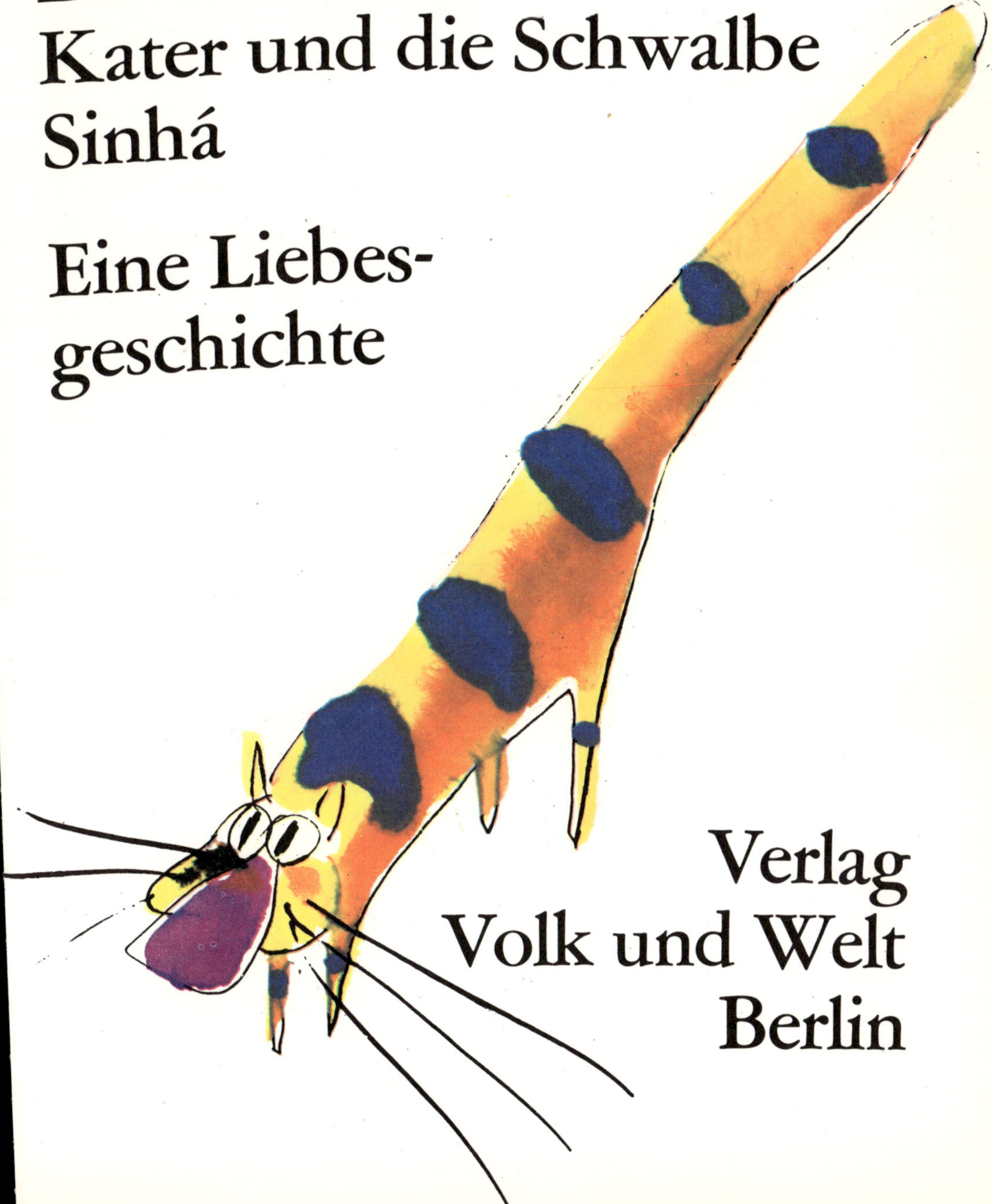

Verlag
Volk und Welt
Berlin

Titel der brasilianischen Originalausgabe:
O GATO MALHADO E A ANDORINHA SINHÁ:
UMA HISTÓRIA DE AMOR

Aus dem Portugiesischen von Roland Erb

Illustrationen von Carybé

ISBN 3-353-00109-3
2. Auflage 1987

L. N. 302, 410/201/87
Printed in the German Democratic Republic

Einbandentwurf: Klaus Krüger
Lichtsatz: INTERDRUCK Graphischer Großbetrieb Leipzig – III/18/97
Druck und Einband: Sachsendruck Plauen
LSV 7360
Bestell-Nr. 647 563 4
01180

Die Liebesgeschichte von dem Gestreiften Kater und der Schwalbe Sinhá ist 1948 in Paris entstanden, wo ich damals mit meiner Frau und meinem Sohn João Jorge lebte; als dieser ein Jahr alt wurde, habe ich sie für ihn zum Geburtstag geschrieben, damit er sie später einmal lesen könnte. Unter den Habseligkeiten des Kindes verlor sich das Manuskript, und João fand es erst 1976 wieder, als er in alten Papieren kramte, und so lernte er es endlich kennen.

Niemals hatte ich daran gedacht, den Text zu veröffentlichen. Doch als João Jorge ihn dem Maler Carybé aus Bahia zu lesen gab, zeichnete der Meister aus Freundschaft und aus Vergnügen an der Sache die allerschönsten Illustrationen auf die Schreibmaschinenseiten, und sie waren so schön, daß jedermann sie zu bewundern wünschte. Unter diesen Umständen blieb mir keine Möglichkeit mehr, mich der Veröffentlichung zu widersetzen, die von so vielen gefordert wurde: Wenn der Text auch der Mühe nicht wert ist, so sind doch die Aquarelle von Carybé nicht hoch genug zu schätzen.

Der Text wird genau so herausgebracht, wie ich ihn vor fast dreißig Jahren in Paris geschrieben habe. Wenn ich daran gerührt hätte, wäre ich gezwungen gewesen, ihn völlig neu zu gliedern, und hätte ihn damit um seinen einzigen Vorzug gebracht: den, daß er einfach geschrieben wurde aus der Freude am Schreiben, ohne die geringste Verpflichtung gegenüber dem Publikum oder einem Verleger.

London, im August 1976
J. A.

Diese Geschichte schenke ich meinem Sohn João Jorge zu seinem ersten Geburtstag. Paris, den 25. November 1948.

Wenn ich jetzt, im August 1976, im Namen meines Sohnes João Jorge, des besten Menschen, den ich kenne, der Veröffentlichung dieser alten Fabel zustimme, möchte ich diese Widmungsseite ergänzen durch den Namen meines schönen und klugen Patenkindes Nicolas Bay, Niki oder Nikili genannt, ferner durch die Namen meiner Enkel Bruno, Mariana, Maria, João Pinóquio Leão und Cecília, die die Geschichte noch nicht lesen können, und gerade deshalb; denn auch João konnte sie noch nicht lesen, als ich sie schrieb. Durch die Namen der Enkel und den Namen ihrer Großmutter Dona Zélia, die immer erreicht, was sie will, wenn sie es so beschlossen hat.

Außerdem möchte ich die Fabel einem Menschen widmen, den ich nicht persönlich kenne: Ich stelle mir vor, daß es ein Mann ist und keine Frau, doch eigentlich weiß ich es nicht. Es handelt sich um einen Leser, der mir seit vielen, vielleicht schon seit über zwanzig Jahren regelmäßig alle zwei, drei Monate Mappen mit Zeitungsausschnitten über die unterschiedlichsten Gegenstände schickt, über alles, was ihm für meine Tätigkeit als Romanschriftsteller von Interesse erscheint. Er zeichnet mit verschiedenen Namen und schreibt sich immer neue Berufe zu; eines seiner zahlreichen Pseudonyme ist Jarbas Carvalhal, aus der Sippe der Carvalhal. Abgesehen von mir, hat er sich noch andere Bewunderer erobert. Mirabeau Sampaio verehrt ihn bedingungslos, und was João Jorge betrifft, so hat er die großen Ausschnittmappen schon als Kind gierig verschlungen.

Wenn ich dieses von Carybé ausgemalte Buch dem vielfachen anonymen Freund widme, möchte ich damit symbolisch meine brasilianischen und meine fremdsprachigen Leser in so vielen Ländern und Sprachen einbeziehen und ihnen für ihre zuverlässige Wertschätzung danken, die meinem Schriftstellerleben zu Stolz und Ehre gereicht.

London, im August 1976.

»Die Welt wird tauglich sein,
In ihr zu leben,
Am Tage, wenn das Jawort geben
Aus Malta sich ein Katerlein
Und eine lächelnd-heitre Schwalbe,
Wenn beide dann im Flug enteiln,
Die Braut mit ihrem Bräutigame,
Der Katermann mit der Frau Schwalbe.«

(Lied und Philosophie des Volksdichters Estêvão da Escuna, der sich am Markt der Sieben Tore zu Bahia niedergelassen hat.)

Es war einmal vor langer, vor sehr, sehr langer Zeit, in den Tiefen der Vergangenheit, damals, als die Tiere noch sprechen konnten, als die jungen Hunde mit Mettwurst angebunden wurden, als die Schneider Prinzessinnen zur Frau nahmen und die Kinder im Schnabel der Störche auf die Welt kamen. Die Jungen und Mädchen, die heutzutage geboren werden, wissen schon über alles Bescheid, sie lernen im Mutterleib, wo sie sich analysieren lassen, damit sich jedes einen Lieblingskomplex aussuchen kann, Angst, Einsamkeit oder Gewalt. In jener Zeit damals trug sich eine Liebesgeschichte zu.

Vor Tagesanbruch

Die Morgenfrühe kommt langsam und schläfrig heran; drei Viertelstunden zu spät, eine widersetzliche Beamte. Sie vertrödelt die Zeit in den Wolkenbetten, die Faule, nur mühsam macht sie die Augen auf über dem Land, ach, wie sehnt sie sich, ohne Wecker zu schlafen, so lange zu schlafen, bis sie kein bißchen mehr müde ist. Wenn die Morgenfrühe Glück hat und einen reichen Mann kriegt, dann wird sie nie mehr vor elf Uhr aufwachen, und damit basta. Vorhänge werden die Fenster verhüllen, um das grelle Licht fernzuhalten, den Kaffee wird sie sich ans Bett bringen lassen. Träume eines heiratsfähigen jungen Mädchens, die nichts zu tun haben mit der Wirklichkeit des Lebens, damit nämlich, daß sie eine untergeordnete Beamte mit streng geregelter Arbeitszeit ist. Verpflichtet, in aller Herrgottsfrühe aufzustehen, um die Sterne auszulöschen, die die Nacht aus Angst vor dem Dunkel anzündet. Die Nacht ist ein Angsthase, sie fürchtet sich vor der Finsternis.

Mit einem Kuß löscht die Morgenfrühe die Sterne einen nach dem andern aus und setzt dabei ihren Weg zum Horizont fort. Noch im Halbschlaf und gähnend verpaßt sie es, ein paar von ihnen auszulöschen. So brennen die armen Sterne im Hellen weiter, im sinnlosen Bemühen, bei Tage zu glänzen, es ist wirklich traurig. Dann heizt die Morgenfrühe die Sonne an, das ist eine Arbeit, die müde macht, eine Aufgabe für Riesen, nicht aber für so ein zartes Mädchen. Man muß in die im Lauf der Nacht zusammengesunkene Glut blasen, eine erste, schwankende Flamme wecken, sie am Leben erhalten, bis sie zu einem Feuerstoß emporwächst. Wäre die Morgenfrühe ganz allein, brauchte sie Stunden, um die Sonne aufstrahlen zu lassen, aber fast immer kommt der Wind, ein berühmter Bläser, und hilft ihr. Doch warum legt der Dummkopf nur Wert darauf, zu sagen, daß er rein zufällig vorbeikomme – wo doch alle wissen, daß es gar kein Zufall ist – und daß er keine bestimmte Absicht habe? Wer bemerkt denn nicht die heimliche Leidenschaft des Windes für die Morgenfrühe? Die heimliche? Sie ist in aller Munde.

Über den Wind laufen Gerüchte um, flüsternd äußert man Argwohn, nennt ihn durchtrieben und dreist, einen Wüstling, dessen Kühnheit zu willfahren gefährlich ist. Man zählt die üblichen Scherze des leichtsinnigen Burschen auf: Er bläst Laternen, Nachtlichter, Leuchter und Lampen aus, um die Nacht zu erschrecken; er zieht den Baumkronen ihre schönen Blätterkleider aus und läßt sie nackt zurück. Scherze von offensichtlich schlechtem Geschmack. Indessen seufzt die Nacht, so unglaublich es scheinen mag, wenn er auftaucht, und die Bäume im Wald wiegen sich vergnügt, wenn er vorüberstreicht, schamlos sind sie!

Der Lieblingsspaß des Windes ist es, den Frauen unter die Röcke zu fahren und sie hochfliegen zu lassen, in der böswilligen Absicht, sie zur Schau zu stellen. Ein Trick, der in früheren Zeiten todsicheren Erfolg hatte, der Gelächter, schräge und begehrliche Blicke, kaum unterdrückte Ausrufe des Vergnügens, begeisterte Ahs und Ohs hervorrief. In früheren Zeiten, denn heute erzielt der Wind mit dieser aufwendigen Vorstellung nicht den geringsten Erfolg: Was soll man zur Schau stellen, wenn ohnehin alles sichtbar geworden ist und man immer weniger sehen will, je mehr einem gezeigt wird? Vielleicht werden künftige Generationen gegen das Sichtbare und das mühelos Erreichbare ankämpfen und auf Demonstrationen und Kundgebungen das Verborgene und Schwierige fordern.

Zweifellos ein bißchen verrückt; wir wollen die Fehler des Windes nicht verheimlichen. Doch muß man nicht auch von seinen unübertrefflichen Qualitäten sprechen? Fröhlich, behend, ein berühmter Tänzer, ein gefeierter Walzerkönig, freundschaftlich und stets bereit, den andern zu helfen, vor allem, wenn es sich um Frauen und junge Mädchen handelt.

So früh und so kalt es auch sein mochte, wo er auch gerade steckte, er kam, über ferne und steile Wege heranbrausend, noch vor Tagesanbruch im Haus der Sonne an, um der Morgenfrühe zu helfen. Der Wind blies und blies mit seinem riesigen Luftmaul. Doch kaum war die Glut zu einer Flamme emporgewachsen, überließ er es der Morgenfrühe, das Feuer mit dem Wedel der Brisen anzufachen, und begann, Abenteuer heraufzubeschwören, von Dingen zu erzählen, die er auf seinen ziellosen Wanderungen gesehen hatte: von verschneiten Berggipfeln, die weit über die Wolken ragen, oder Abgründen, die so tief sind, daß die Morgenfrühe sie niemals zu sehen bekommen würde.

Redselig und verwegen, ein König der Botengänger, überschreitet der Wind Grenzen, dringt in neue Bereiche ein, durchstöbert Verstecke, schleppt einen Quersack voller Geschichten für alle mit, die zuhören und lernen wollen.

Auf eine gute Geschichte versessen, verspätet sich die Morgenfrühe immer mehr, sie lauscht dem Geschwätz des Windes, seinen bald lustigen, bald traurigen Begebenheiten, die sich mitunter so ausdehnen wie Romankapitel auf Feuilleton-Seiten. Da es die Morgenfrühe wenig gelüstet zu arbeiten, läßt sie sich vom Zuhören berauschen. Sie lächelt, ist melancholisch oder in Tränen aufgelöst – je ergreifender, desto schöner ist die Erzählung – und verursacht so eine heillose Verwirrung der Uhren, die sich gezwungen sehen, den Rhythmus ihrer Zeiger und Pendel zu verlangsamen; denn von der Ankunft der Morgenfrühe hängt es ab, wann sie Punkt fünf Uhr anzeigen. Viele Uhren verloren darüber den Verstand, nie wieder gaben sie die genaue Stunde an, sie gingen nach oder vor und verwechselten den Tag mit der Nacht. Andere blieben plötzlich für immer stehen. Eine weltberühmte Uhr, die an dem Turm der weltberühmten Fabrik der weltberühmten und allerpünktlichsten Uhren hing, die sogar Olympiasieger in genauer Zeitangabe war, beging Selbstmord – sie hängte sich an ihren Zeigern auf –, weil sie die Langsamkeit der Morgenfrühe und die allgemeine Verzögerung der Produktion nicht mehr ertragen konnte. Sie war eine Schweizer Uhr mit beispiellosem Verantwortungsgefühl und unbeugsamem industriellem Patriotismus.

Nicht allein die Uhren, sondern auch die Hähne verloren den Kopf, sie kamen mit dem Krähen durcheinander und kündigten das Erscheinen der Sonne an, während die Morgenfrühe erst dabei war, sie anzufachen, wobei sie aufmerksam dem Geplauder des Windes lauschte. Niedergeschlagen und demoralisiert ließen die Hähne ihre Kämme hängen. Dann erstatteten die Uhren und die Hähne Anzeige beim Vater Zeit – der ihrer aller Gebieter war –, es war eine Beschwerde in acht Teilen und sechsundzwanzig unwiderlegbaren Gründen, doch die Zeit ist unendlich, ihr war das ziemlich gleichgültig – diese Angelegenheit mit der einen Stunde mehr oder weniger war dummes Zeug, und es war nicht der Mühe wert, sich Sorgen darüber zu machen, wenn man der Ewigkeit gegenüberstand. Vielleicht erlaubte sie sogar, die Eintönigkeit zu durchbrechen. Außerdem konnte der Vater Zeit eine gewisse Schwäche für die Morgenfrühe nicht verhehlen. Heiter und inkonsequent, jung und ein bißchen verdreht, wenig erpicht auf Regeln und Vorschriften, ließ sie ihn für ein paar Sekunden die unendliche Öde der Ewigkeit und seine chronische Bronchitis vergessen.

Diesmal jedoch überschritt die Bummelei die äußersten Grenzen der Duldsamkeit. Der Wind hatte versucht, die lange Geschichte in zwei oder drei Episoden zu teilen, aber die Morgenfrühe hatte verlangt, er solle ausführlich und vollständig erzählen, bis zur allerletzten Begebenheit. Die Sonne stand schon in heller Glut, als sie Abschied voneinander nahmen.

In weißes Licht mit blauen und roten Tupfen gehüllt, gleitet die Morgenfrühe zwischen den Wolken dahin, sie ist nachdenklich zerstreut, sie grübelt über die Geschichte nach, die ihr der Wind soeben erzählt hat: träumerisch erinnert sie sich an die Einzelheiten, sie ist ein wenig melancholisch. Ein gelehrter Autor spräche von einer Gefühlsverwirrung.

Sie wünschte sich, nicht die Morgenfrühe zu sein, nicht sie selbst, mit ihren strengen Verpflichtungen, damit sie sich in den Gefilden der Morgendämmerung ausstrecken und über die Absichten des Windes nachsinnen könnte. Warum hatte er wohl gerade diese Geschichte ausgesucht? Sollte sie vielleicht eine Lehre daraus ziehen? Oder hatte der

Wind sie nur ausgewählt, weil er Spaß an der Geschichte hatte, ohne bestimmten Grund? Die Morgenfrühe verdächtigt ihn einer verborgenen Absicht, eines heimlichen Grundes, der sich kundtun muß im strahlenden Blick des Partners, in einem unerwarteten Seufzer in der Stunde der Erklärung.

Seufzt der Wind ihretwegen, wie es die Klatschbasen tuscheln? Gedenkt er, um ihre Hand anzuhalten? Den Wind zum Mann zu nehmen, das wäre gar kein schlechter Gedanke, wenn die Morgenfrühe auch lieber einen Millionär gehabt hätte. Der Wind könnte ihr helfen, die Sterne auszupusten, die Sonne anzuheizen, den Tau zu trocknen und jene »Elfuhr« genannte Blume zu öffnen, die die Morgenfrühe aus purer Ungezogenheit, einzig um zu widersprechen, jeden Tag schon zwischen halb zehn und zehn öffnet. Wenn sie den Wind heiratete, dann würde sie mit ihrem Mann hinaus in die weite Welt kommen, würde die höchsten Gipfel der Gebirge überfliegen, könnte Ski laufen im ewigen Schnee, dahingleiten auf dem grünen Rücken des Meeres, über die Wellen springen und sich in unterirdischen Grotten ausruhen, wo die Finsternis sich bei Tag verbirgt, um zu schlafen und sich zu erholen.

Sollte der Wind – ein freier, unbeständiger Bursche und überzeugter Junggeselle – tatsächlich ans Heiraten denken? Nach Dutzenden zählte man die Liebeleien, Verhältnisse, Abenteuer, Skandale, in die er verwickelt gewesen war. Man wußte von Entführungen, Verfolgungsjagden, wütenden Ehemännern und Racheschwüren. Die Morgenfrühe wiegt zweifelnd den Kopf: Der Wind denkt nicht im entferntesten daran, zu heiraten, er hat andere Absichten, schändliche Absichten, wie man in jener zurückgebliebenen und prüden Zeit zu sagen pflegte.

Und dennoch tut es gut, zu träumen. In solche Gedanken vertieft, träumt die Morgenfrühe vor sich hin und vergißt die Stunde. Die Uhren

verharren allesamt in Wartestellung; die Hähne sind ausnahmslos heiser, so lange haben sie gekräht und die Sonne angekündigt, doch ist die Sonne gekommen? Beim Hahnenschrei erwachen die Menschen, vergewissern sich auf dem Zifferblatt der Uhren, daß es Punkt fünf ist, und stellen gleich darauf fest, daß die Sonne nicht da ist. Am Himmel vermischt sich das stumpfe Licht des beginnenden Tages mit der grauen Gaze der dahinschwindenden Nacht. Ist das Ende der Welt gekommen? Unsägliches Entsetzen erfaßt alle.

Weil soviel Beschwerden eingegangen sind und weil die Verspätung so groß ist, sieht sich Vater Zeit gezwungen, mit der Morgenfrühe zu schimpfen, doch während er sie zur Ordnung ruft und ihr Strafe androht, verbirgt sich hinter seiner förmlichen Miene, unter dem Bart und den Runzeln ein verständnisvolles Lächeln. Die Morgenfrühe gesteht mit einem Vogelzwitschern die Wahrheit:

»Mein Vater, ich habe dem Wind zugehört, er hat mir eine Geschichte erzählt. Und dabei hab ich die Zeit versäumt.«

»Eine Geschichte?« fragte Vater Zeit mit erwachendem Interesse, denn er war stets auf der Suche nach Dingen, die ihm die Last der Ewigkeit leichter machten, diese verfluchte Ewigkeit! – »Erzähl sie mir, und wenn es wirklich eine gute Geschichte sein sollte, dann werde ich dir nicht nur verzeihen, sondern dir sogar eine blaue Rose schenken, wie sie vor vielen Jahrhunderten gewachsen sind und wie man sie heute überhaupt nicht mehr findet, denn alles hat sich verändert, meine Tochter, und zwar zum Schlechtesten hin, gar nichts ist mehr wie früher, mit den guten Dingen des Lebens ist es aus und vorbei, ach ja!« – Der Vater Zeit neigt zur Rührseligkeit.

Die Morgenfrühe setzt sich zu Füßen des Meisters nieder, schüttelt die Zipfel ihres Lichtkleides und beginnt zu erzählen. Mitten in der Geschichte nickt Vater Zeit ein, aber die Morgenfrühe spricht weiter, denn während sie die Erzählung aufblättert, meint sie die zärtliche Stimme des Windes zu hören, sie sieht den flehentlichen Ausdruck in seinen Schelmenaugen. Wo mag er jetzt umherschweifen, der Wind, dieser Vagabund ohne Haus und Heimat? In welchen Gegenden der Welt mag er herumschnüffeln, den Baumkronen die Blattkleider entreißen, die weißen Wolken necken, und wo wird er die Regenwolke in wilden Jagden über den Himmel hin verfolgen, um sie schließlich auf der grünen Weide niederzuwerfen? Sehr vertraut, allzu vertraut miteinander sind der Wind und die Regenwolke, Kameraden des Müßiggangs. Wirklich nur gute Kameraden? Plötzlich beunruhigt, runzelt die Morgenfrühe die Stirn.

Klammer

(Die Geschichte, die die Morgenfrühe dem Vater Zeit erzählte, um die blaue Rose zu gewinnen, war die Geschichte von dem Gestreiften Kater und der Schwalbe Sinhá; sie hatte sie vom Wind gehört, und jener hatte sie mit geheimnisvoller Miene geflüstert und dabei ab und zu geseufzt – tief und klagend. Ich gebe sie hier wieder, denn ich habe sie von dem berühmten Unk Cururu erfahren, der auf der Spitze eines Steines, mitten im Moos lebt, am Ufer eines Sees mit fauligem Wasser, in einer unwirtlichen, trostlosen Landschaft. Der ehrwürdige Unk Cururu, der ein alter Bekannter des Windes ist, erzählte mir die Sache, um die Leichtfertigkeit seines Freundes zu beweisen: Der Wind verliert sich in Phantasien, statt seine langen Auslandsreisen zu benutzen, um Nachrichtenwesen, Sanskrit oder Akupunktur zu studieren, alles Dinge von hohem Nutzen. Der Unk Cururu ist Doktor der Philosophie, Inhaber des Lehrstuhls für Linguistik und Leibesübung, fanatischer Rock-'n'-Roll-Tänzer, ordentliches, korrespondierendes und verdienstvolles Mitglied in- und ausländischer Akademien, und er weiß in mehreren toten Sprachen zu glänzen. Sollte Ihnen die Erzählung nicht gefallen, so sind weder der Wind noch die Morgenfrühe schuld daran, noch viel weniger aber der weise Unk Cururu, Doctor honoris causa. Er behauptet, in der Sprache der Menschen könne keine Geschichte vor der Welt bestehen und ihren reinen Zauber bewahren; die Musik und die Poesie des Windes gehen darin verloren.)

Die Zeit des Frühlings

Als der Frühling kam, in Licht und Farben und Fröhlichkeit gekleidet, zarte Düfte verströmend, als er die Blumen aufknöpfte und den Bäumen grüne Kleider anzog, streckte der Gestreifte Kater seine Vorderpfoten und öffnete die grauen Augen, böse, häßliche Augen. Böse und häßlich, nach allgemeiner Auffassung. Übrigens behauptete man, nicht nur die Augen des Gestreiften Katers spiegelten die Bosheit wider, sondern auch sein ganzer starker, beweglicher Riesenleib, der gelb und schwarz gestreift war. Er war ein Kater mittleren Alters, der jene Zeit der ersten Jugend schon lange hinter sich gelassen hatte, als sein liebster Zeitvertreib war, unter den Bäumen hin und her zu rennen, auf den Dächern herumzuklettern und bei Vollmond Liebeslieder zu miauen – gewiß waren es freche, liederliche Gassenhauer. Keiner konnte glauben, daß einer wie er romantische und sentimentale Lieder sang.

Es gab in diesen Gegenden kein Lebewesen, das selbstsüchtiger und einsamer gewesen wäre als der Kater. Er unterhielt keine freundschaftlichen Beziehungen zu seinen Nachbarn, und so gut wie nie beantwortete er die spärlichen Grüße, die einige der Vorüberkommenden – aus Furcht und nicht aus Höflichkeit – an ihn richteten. Er brummte verdrießlich vor sich hin und machte dann die Augen wieder zu, als sei ihm alles, was in der Runde zu sehen war, gründlich zuwider.

Dabei bot doch das Leben ringsum, bewegt oder auch ruhig, ein so wunderschönes Schauspiel. Knospen wurden duftend geboren, knöpften sich auf und standen in prangendem Blütenkleid, Vögel flogen mit lustigem Zwitschern, Täuber gurrten vor Liebe, Scharen neugeborener Kücken folgten dem Gackern einer stolzen Henne, der große Schwarze Erpel machte der Weißen Ente den Hof und badete sie in dem klaren Wasser des Sees. Verspielt und lustig tollten die jungen Hunde im Gras herum.

Dem Gestreiften Kater kam niemand zu nahe. Die Blumen schlossen sich, wenn er auf sie zuging. Man erzählt nämlich, er habe einmal mit einem Fußtritt einen schüchternen weißen Lilienjüngling umgestoßen, in den alle Rosen verliebt waren. Es gab zwar keine Beweise dafür, aber wer konnte schon an der Boshaftigkeit des groben Katers zweifeln? Wurden die Vögel bei ihrem Flug in unmittelbare Nähe des Winkels getragen, in dem er schlief, schwirrten sie in die Höhe. Man munkelte sogar, der Gestreifte Kater sei jener Bösewicht gewesen, der seinerzeit den kleinen Sabiá aus seinem Zweigenest geraubt hatte. Als Mutter Sabiá ihrem Sohn Futter bringen wollte und ihn nicht fand, nahm sie sich das Leben: Sie stürzte sich mit der Brust in den spitzen Dorn eines

Mandacarubusches. Es war ein trauriges Begräbnis, und der Gestreifte Kater wurde an jenem Tag mit unzähligen Flüchen bedacht. Beweise gab es nicht, aber wer sollte es sonst gewesen sein? Man brauchte nur das Gesicht des Katerleins anzusehen, um zu wissen, wer der Mörder war. Wie häßlich war dieser Kerl!

Die Tauben flogen weit fort von ihm, um der Liebe zu pflegen: Es war so gut wie sicher, daß er es gewesen war, der – aus reiner Freßgier – die schönste Turteltaube des Taubenschlags getötet hatte, und ein Brieftäuber hatte darüber alle Freude am Leben verloren. Zwar fehlte es an Beweisen, aber – wie Seine Hochwürden der Papagei zu bemerken geruhten – wer konnte es anders getan haben als jenes finstere, gott- und gesetzlose Wesen, dieser nichtswürdige Kerl?

Die Hennenmütter lehrten ihre goldfarbenen Kücken, wie man dem Gestreiften Kater aus dem Weg gehen konnte, denn in seinen ruchlosen Pfoten waren – wie sie versicherten – viele andere Kückchen umgekommen, ganz zu schweigen von den Eiern, die er aus den Nestern stahl, um seinen schändlichen, ungeschlachten Leib zu mästen. Auch der Schwarze Erpel wollte nichts von dem Kater wissen, denn der dicke Kerl mochte das Wasser des Sees nicht, während das Entenpaar den See über alles liebte. Die jungen Hunde hatten ihn aufgesucht, weil sie mit ihm laufen und springen wollten. Er aber hatte ihnen die Schnauzen zerkratzt und sie obendrein beleidigt, hatte sein Fell gesträubt und ihre Familie und Rasse, ihre näheren und ferneren Vorfahren verhöhnt.

Ein böser Kater war er. Böse und egoistisch. Morgens legte er sich ins Gras, um sich von der Sonne wärmen zu lassen, kaum aber war die Sonne am Himmel emporgeklettert, verließ er sie einem wohltuenden Schatten zuliebe. Der Undankbare! Lange Zeit hegte eine Guave mit wurmzerfressenem Stamm die Illusion, der Gestreifte Kater liebe sie, und rühmte sich dessen vor allen Bäumen des Parks. Und dies nur, weil er – behend und genüßlich – herbeikam, um sich inmitten der prangenden Nachmittage an ihrem knorrigen Stamm zu scheuern. Die Guave, die allgemein für originell gehalten wurde, fühlte sich geschmeichelt, weil ein so schwieriger und umstrittener Bursche sie bevorzugte. Sie suchte sich einen Schönheitschirurgen und ließ sich von allen Knorren, die ihren Stamm so häßlich machten, befreien, sie machte sich schön für den Gestreiften Kater. Dann erwartete sie ihn mit glattem, sauberem Stamm. Als jener aber sah, daß er sich an der Guave, die jetzt weder Knoten noch Einkerbungen aufwies, nicht mehr scheuern konnte, kehrte er ihr den Rücken und sah sie überhaupt nicht mehr an. Eine Zeitlang war die Guave dank diesem Abenteuer die Zielscheibe für die geschmacklosen Witzeleien der Parkbewohner. Sogar die Alte Eule, die auf dem Brotbaum wohnte, mußte lachen, als sie von der Geschichte hörte.

Um der Wahrheit die Ehre zu geben, muß ich erwähnen, daß der Gestreifte Kater von all dem Bösen, das von ihm erzählt wurde, keine Notiz nahm. Wenn er es wußte, dann war es ihm gleichgültig, doch ist es durchaus möglich, daß er nichts davon wußte, wie übel er beleumdet war, denn er sprach kaum mit anderen, nur mit der Alten Eule unterhielt er sich gelegentlich. Übrigens pflegte die Eule zu sagen – und ihre Ansichten wurden dank ihrem Alter sehr geachtet –, der Gestreifte Kater sei gar nicht so böse, all das sei vielleicht nur ein allgemeines Mißverständnis. Die anderen hörten ihr zu, wiegten die Köpfe, doch trotz des Respekts, den sie der Eule entgegenbrachten, mieden sie den Gestreiften Kater auch weiterhin.

So lebte er, als der Frühling mit großem Aufwand an Farben, Düften und Melodien im Park seinen Einzug hielt. Es waren fröhliche Farben, Düfte, die einen ganz närrisch machten, und wohltönende Melodien. Der Gestreifte Kater schlief, als der Frühling plötzlich mit Macht hereinbrach. Doch seine Gegenwart war so drängend und so beharrlich, daß der Kater aus seinem traumlosen Schlaf erwachte, die grauen Augen öffnete und die Vorderpfoten streckte. Der Schwarze Erpel, der ihn zufällig ansah, fiel fast um vor Entsetzen, denn ihm war, als lächelte der Gestreifte Kater. Er sah ihn genauer an und machte die kleine Weiße Ente auf seine Beobachtung aufmerksam:

»Sieht es nicht aus, als ob er lachte?«

»Heiliger Gott! Er lacht tatsächlich...«

Niemals hatte sie den Kater lachen sehen. Die kleine Weiße Ente mußte sich die Hand aufs Herz pressen, so erschrocken war sie über dieses Lachen aus dem grausigen Maul des Gestreiften Katers. Er lachte mit dem Maul, und, was noch unerklärlicher war, er lachte sogar mit seinen grauen Augen.

Auf einmal wälzte er sich im Gras, als ob er ein Katzenjüngling wäre, und er stieß ein »Miau« aus, das eher ein Winseln war. Im Park entstand allgemeine Aufregung. Die Schwarzweißgefleckte Henne, die mit ihrer goldenen Kückenbrut in der Nähe vorbeizog, schrie: »Huch!« und sank ohnmächtig ihren Kindern in die Arme. Rasch kam der Hahn Don Juan de Rhode Island herbeigelaufen, um zu sehen, was vorgefallen war. Von allen Hennen seines Harems war die Schwarzweißgefleckte seine Lieblingshenne. Er half ihr beim Aufstehen und wollte eben sein Kriegs- und

Protestgekräh ausstoßen, das einem Hornsignal glich, als sich der Gestreifte Kater noch einmal im Gras wälzte und ein weiteres »Miau« von sich gab... Oh, mein Gott, ein romantisches »Miau«. Unglaublich!

Don Juan de Rhode Island blieb jäh stecken, und lastendes Schweigen erfüllte den Park in dieser Stunde des Frühlingsbeginns. Nicht einmal das verliebte Gurren der Tauben war noch zu hören, so bestürzt waren alle über das verblüffende Benehmen des Gestreiften Katers.

»Ich glaube, er ist übergeschnappt...«, stellte ein Krähenfuß fest, der als Arzt hohes Ansehen genoß.

»Ach, er rüstet sich gewiß für eine neue Missetat...«, flüsterte die Schwarzweißgefleckte Henne, die sich von ihrem hysterischen Anfall erholt hatte, während sie die Kücken und den Hahn Don Juan de Rhode Island hinter sich herzog.

Unterdessen richtete sich der Gestreifte Kater auf, streckte die Vorder- und Hinterpfoten, machte einen Buckel, um die unerwartet sanfte Wärme der Sonne besser aufzufangen, riß die Nasenlöcher auf, um die jungen Gerüche einzusaugen, die in der Luft wogten, und sein ganzes häßliches, böses Gesicht strahlte in einem herzlichen Lächeln für die Dinge und Wesen ringsum. Er trabte los.

Da setzte eine allgemeine Flucht ein. Der große Schwarze Erpel riß die kleine Weiße Ente mit sich bis auf den Grund des Sees hinab und tauchte bis zum anderen Ufer, wobei er alle seine früheren Rekorde einstellte. Dort brachte er sein Frauchen in Sicherheit. Alle Tauben versammelten sich im Taubenschlag, ihr Liebesgurren verstummte in den Zweigen der Bäume, wo immer mehr grüne Schößlinge hervorbrachen, die sich im gleichen Augenblick in schattenspendende Blätter verwandelten. Die jungen Hunde hörten auf zu rennen und zu springen, sie taten, als wären sie sehr damit beschäftigt, verborgene Knochen aus der Erde zu wühlen. Die Knospen, die sich schon in Blumen verwandeln wollten, stellten ihre Arbeit augenblicklich ein, und eine Rose, die sich voreilig geöffnet hatte, ließ ihre Blütenblätter auf die Erde fallen, alle, außer einem Blatt, das in der Luft herumwirbelte, wie es dem leichten Wind gefiel.

Dieses Hin- und Herrennen verursachte einigen Lärm, der die Aufmerksamkeit des Gestreiften Katers auf sich zog. Erschrocken sah er sich um: Warum flohen die Tiere denn alle, wo der Park in dieser Stunde des Frühlingsbeginns doch so schön war? Kein Unwetter tobte, kein kalter Wind blies, der die Blätter von den Bäumen riß, kein Regen ließ Tränen auf die Dächer hinabrinnen. Wie konnte man denn fliehen und sich verstecken, wenn der Frühling kam und die Anmut des Lebens mit sich brachte? War vielleicht die Klapperschlange zurückgekommen, hatte sie gewagt, in den Park zurückzukehren? Der Gestreifte Kater hielt Ausschau. Wenn sie es war, so würde er ihr eine weitere Lektion erteilen, damit sie nie wieder zurückkam, um Eier zu stehlen, Vögel aus den Nestern zu zerren, Kücken und Turteltauben zu fressen. Doch nein, die Klapperschlange war nicht hier. Der Gestreifte Kater dachte nach. Und dann begriff er, daß sie vor ihm flohen, zu lange war es her, daß sie sein »Miau« gehört, sein Lächeln gesehen hatten, und nun bekamen sie Angst.

Das war eine traurige Feststellung. Zuerst erstarb das Lächeln auf seinem Gesicht, dann aber zuckte er mit gleichgültiger Geste die Schultern. Er war ein stolzer Kater, und es kümmerte ihn wenig, was man von ihm dachte. Er blinzelte sogar – wenn auch etwas gezwungen – mit schelmischem Auge der Sonne zu, und diese Geste, die noch unerwarteter war als alles andere, bewirkte, daß ein riesiger Stein, der schon viele Jahre in der Nähe des Katers wohnte, eilends ins Gestrüpp rollte.

Der Gestreifte Kater sog in vollen Zügen den jungen Frühling ein. Er fühlte sich unbeschwert, am liebsten hätte er unüberlegtes Zeug geschwatzt, wäre gedankenlos herumgelaufen und hätte sich sogar mit irgend jemand unterhalten. Noch einmal spähte er mit seinen grauen Augen umher, doch er konnte niemand sehen. Alle waren geflohen.

Nein, nicht alle. Vom Zweig eines Baumes her betrachtete die Schwalbe Sinhá den Gestreiften Kater und lächelte ihm zu. Sie war die einzige, die nicht geflohen war. Von weit her schrien die Eltern nach ihr. Sie waren schon in höchster Aufregung. Und alle Bewohner des Parks spähten aus ihren Verstecken erschrocken nach der Schwalbe Sinhá, die den Gestreiften Kater anlächelte. Ringsum hatte der Frühling begonnen, der Traum eines Dichters.

Weitere Klammer, in der die Schwalbe Sinhá vorgestellt wird

(Wenn sie lächelnd und quicklebendig vorbeiflog, gab es keinen Vogelmann im heiratsfähigen Alter, der nicht geseufzt hätte. Sie war zwar noch sehr jung, doch wohin sie auch kam, sogleich war sie von allen jungen Burschen des Parks umgeben.

Sie machten ihr Liebeserklärungen, sie widmeten ihr Gedichte, und Senhor Nachtigall, ein berühmter Serenadensänger, kam in mondhellen Nächten, um an ihrem Fenster zu singen. Sie hatte für alle ein Lächeln, verstand sich mit allen, aber sie liebte keinen. Frei von allen Sorgen, flog sie von Baum zu Baum durch den Park, neugierig und stets zum Schwatzen aufgelegt, ein unschuldiges Herz. Nach allgemeiner Ansicht gab es in keinem der umliegenden Parks eine so schöne und liebenswürdige Schwalbe wie die Schwalbe Sinhá.)

Fortsetzung der Zeit des Frühlings

Ringsum war der Frühling eingezogen, der Traum eines Dichters. Der Gestreifte Kater hatte den Wunsch, der Schwalbe Sinhá etwas in dieser Art zu sagen. Er setzte sich auf die Erde, strich sich den Schnurrbart und fragte nur: »Du bist nicht mit den andern fortgelaufen?«

»Ich? Fortlaufen? Ich hab keine Angst vor dir, die andern sind alle feige... Du kannst mich ja nicht erreichen, du hast keine Flügel zum Fliegen, du bist ein dicker Kater und noch dümmer, als du häßlich bist. Ach, wie häßlich du bist...«

»Ich soll häßlich sein?«

Der Gestreifte Kater lachte, es war das entsetzliche Lachen eines Wesens, das sich das Lachen abgewöhnt hat, und diesmal erschauerten selbst die mutigsten Bäume, wie der Brasilholzbaum, der ein Riese ist. »Sie hat ihn beleidigt, und er wird sie umbringen«, dachte die alte Dänische Dogge.

Hochwürden Papagei – Hochwürden deshalb, weil er einige Zeit in einem Seminar zugebracht hatte, wo er beten und lateinische Sätze auswendig lernen mußte, was ihm das wertvolle Ansehen eines Gelehrten eingebracht hatte – schloß die Augen, um nicht Zeuge der Tragödie zu werden. Er tat es aus zweierlei Gründen: weil er sich leicht aufregte und kein Blut sehen konnte, noch dazu das Blut einer so schönen Schwalbe, und weil er nicht als Zeuge auftreten wollte, falls das Verbrechen vor Gericht kam; dies wäre ein unsägliches Ärgernis, bei dem er sich entweder entschließen müßte, die Wahrheit zu sagen und den Zorn des Gestreiften Katers auf sich zu ziehen – da drohten ihm eine Verleumdungsklage, ein paar Ohrfeigen, ein ausgerenkter Schnabel und wer weiß was noch alles – oder zu lügen und den Ruf eines Feiglings zu erwerben, der sich zum Komplizen des Mörders machte. Eine schwierige Lage; da war es schon das Beste, überhaupt nicht als Zeuge aufzutreten. Als Entschädigung betete er für die arme Seele der Schwalbe Sinhá und blieb so im reinen mit seinem Gewissen, diesem Lastkahn voller Forderungen.

Sogar die Schwalbe Sinhá merkte, daß sie zu weit gegangen war, und so flog sie vorsichtshalber auf einen höheren Zweig, wo sie sich höchst kokett die Federn putzte. Der Gestreifte Kater lachte weiter, obwohl er sich etwas verletzt fühlte. Nicht, weil ihn die Schwalbe böse, sondern weil sie ihn häßlich genannt hatte, denn er hielt sich für schön, für einen ausnehmend hübschen Kater, der dazu noch elegant war.

»Du findest mich häßlich? Tatsächlich?«

»Furchtbar häßlich...«, bestätigte die Schwalbe aus angemessener Entfernung.

»Das glaube ich nicht. Nur ein Blinder könnte mich häßlich finden.«

»Häßlich und überheblich!«

Das Gespräch wurde nicht fortgesetzt, weil die Eltern der Schwalbe Sinhá, deren große Liebe die Furcht besiegt hatte, herbeigeflogen kamen und sie mit nach Hause nahmen. Sie zankten das Mädchen aus und hielten ihr eine gepfefferte Strafpredigt. Doch während die Eltern die kleine Schwalbe fortbrachten, rief sie dem Kater noch zu:

»Bis später, Senhor Häßlich...«

Mit diesem etwas idiotischen Gespräch begann die Geschichte vom Gestreiften Kater und der Schwalbe Sinhá. In Wirklichkeit hatte die Sache, zumindest für die Schwalbe, schon vorher begonnen. Ein Anfangskapitel hätte von bestimmten früheren Taten der Schwalbe sprechen müssen. Da ich es aber nicht mehr dort niederschreiben kann, wo es nach den guten Regeln der klassischen Erzählung hingehört, bleibt mir nichts weiter übrig, als die Handlung noch einmal zu unterbrechen und zum Anfang zurückzukehren. Dies ist zweifellos eine anarchische Methode, eine Geschichte zu erzählen, das gebe ich zu. Aber die Vergeßlichkeit muß der Verwirrung angelastet werden, die das Kommen des Frühlings Katern und Geschichtenerzählern verursacht. Oder, besser noch, ich darf behaupten, ein Erneuerer der Form und Struktur der Erzählung zu sein, was mir unbedingt die Unterstützung der akademischen Literaturkritik und der Literaturzeitungen sichern wird.

Verspätetes und falsch plaziertes Anfangskapitel

Die Schwalbe Sinhá war nicht nur schön, sondern auch ein bißchen verrückt. Ein bißchen närrisch, das paßt besser zu ihr. Obwohl sie noch die Vogelschule besuchte – wo Hochwürden Papagei den Lehrstuhl für Religion innehatte –, so jung, daß ihre achtunggebietenden Eltern sie abends nicht allein mit ihren Verehrern ausgehen ließen, verlangte es sie dennoch schon nach Selbständigkeit, und sie war stolz darauf, gute Beziehungen zu allen Tieren im Park zu unterhalten. Sie war befreundet mit den Blumen und Bäumen, den Enten und Hühnern, den Hunden und den Steinen, den Tauben und dem See. Mit allen plauderte sie ein wenig ins Blaue hinein, ohne daß sie etwas von der Verliebtheit bemerkte, die sie im Vorüberfliegen überall weckte.

Selbst Hochwürden Papagei, der viel von seinen eigenen Tugenden redete und von allen wegen der im Seminar verbrachten Zeit für etwas klerikal gehalten wurde, sah sie in den Unterrichtsstunden mit feurigen Augen an.

Doch obwohl sie so viele Bekanntschaften hatte und von allen bewundert wurde, verdüsterte ein Schatten das Leben der Schwalbe Sinhá, und hierin liegt die Erklärung für dieses verspätete Anfangskapitel, denn jener Schatten war kein anderer als der Gestreifte Kater. Oder besser: die Tatsache, daß es ihr niemals gelungen war, mit dem Kater zu sprechen. Dieser wortkarge, stolze Kerl, der sich dumm stellte, ging ihr auf die Nerven. Sie hatte die Gewohnheit angenommen, ihm nachzuspionieren, wenn er schlief oder im Gras lag und sich sonnte. Auf dem Zweig eines

Baumes verborgen, betrachtete sie ihn stundenlang und grübelte darüber nach, warum der garstige Gesell mit niemandem im Park Umgang hatte. Sie hörte, daß man schlecht von ihm sprach, aber dann sah sie seine rosige Nase mit dem großen Schnurrbart und begann – aus unerfindlichen Gründen – an der Wahrhaftigkeit jener Geschichten zu zweifeln. So sind die Schwalben eben, was kann man dagegen tun? Es gibt keine Methode, ihnen die elementarste, längst bewiesene und bekannte Wahrheit plausibel zu machen, wenn sie zu zweifeln beginnen. Sie sind dickköpfig und lassen sich von ihrem Herzen leiten.

Der Gestreifte Kater war der Schatten in dem lichten und ruhigen Leben der Schwalbe Sinhá. Manchmal sang sie gerade eines der schönen Lieder, die Senhor Nachtigall sie gelehrt hatte, und plötzlich hielt sie inne, weil sie sah oder bisweilen nur erriet, wie der große Körper des Katers auf dem Weg zu seinem Lieblingsplatz vorüberglitt. Dann schwang sie sich in die Lüfte und folgte ihm langsam, und eines Nachmittags vergnügte sie sich damit, ihm trockene Zweiglein auf den Rücken zu werfen. Der Kater schlief, sie war gut versteckt unter dem Laub des Brotbaumes und lachte bei jedem Reisigstückchen, das den Rücken des Katers traf und den Faulpelz dazu brachte, ein Auge aufzumachen und sich umzusehen. Doch gleich darauf schloß er es wieder, denn er meinte, es handele sich um einen albernen Scherz des Windes. Seit langem wußte der Gestreifte Kater, daß es nichts einbrachte, hinter dem Wind herzulaufen, um ihn mit der Pfote zu prügeln. Es war am besten, man wartete, bis er des Spiels überdrüssig wurde. Aber diesmal, da die Neckerei gar nicht aufhörte, entschloß er sich fortzugehen. Auch die Schwalbe Sinhá zog sich zurück, zufrieden mit dem Streich, den sie dem gefürchteten Gestreiften Kater gespielt hatte.

An diesem Tag hatte sie das denkwürdige Gespräch mit der Hornlosen Kuh. Ich möchte gleich im Anfangskapitel meiner Geschichte von der Hornlosen Kuh sprechen, denn es handelt sich um eine der wichtigsten Personen im Park. Sie genoß fast ebenso großes Ansehen wie die Alte Eule. Sie war ein ruhiges Tier, fast ein wenig feierlich, höchst bedachtsam, in jeder Hinsicht achtunggebietend, Nachfahrin eines argentinischen Stiers. Sie hieß Rachel Púcio. Allerdings war sie von rachsüchtigem Wesen und ziemlich wetterwendisch. Sehr gutmütig war sie denen gegenüber, die sie liebte – mit dem Entenpaar war sie zum Beispiel sehr befreundet –, jedoch abweisend und heftig war sie Leuten gegenüber, die ihr nicht zusagten: das waren die Schmeißfliege, die Hunde und vor allem der Gestreifte Kater.

Den Gestreiften Kater konnte sie nicht leiden, weil das elende Katzenvieh eine so hoch achtbare Person von argentinischem Geblüt wie sie bei einem bestimmten, lange zurückliegenden Vorfall furchtbar beleidigt hatte. Die Hornlose Kuh neigte nämlich trotz ihrer Bedachtsamkeit etwas zur Ironie. Als sie eines Tages den Gestreiften Kater im Stall ertappte, wo er sich wohl in der Hoffnung aufhielt, ein bißchen Milch zu stibitzen, sagte sie in einem Gemisch aus Spott und Verachtung, halb auf Spanisch, halb auf Portugiesisch zu ihm:

»Ein so kleiner Kerl und schon einen Schnurrbart!«

Der Kater antwortete frech, in offensichtlicher und unverzeihlicher Respektlosigkeit:

»Ein so großes Frauenzimmer und noch ohne Büstenhalter!«

Die Hornlose Kuh versetzte ihm einen tüchtigen Huftritt, aber der Kater lief weg und lachte böse in sich hinein. Der ganze Park war der Meinung, daß er die Hornlose Kuh furchtbar beleidigt hatte, und am Abend kamen viele Familien zu ihr, um sie ihrer Solidarität zu versichern, denn sie war untröstlich und weinte ohne Unterlaß. Allen voran kam Hochwürden Papagei, der sich in dieser Nacht einen Schwips antrank und die Anwesenden mit den Histörchen unterhielt, die er in der Küche des Seminars gelernt hatte. Sogar die Hornlose Kuh hörte auf zu weinen und lachte, und dann fing sie wieder zu weinen an, nun aber, weil sie so furchtbar lachen mußte.

Als die Schwalbe ihr erzählte, womit sie sich an diesem Nachmittag vergnügt hatte, bedauerte die Hornlose Kuh, daß die Schwalbe statt kleiner Zweige dem Kater nicht riesige Kieselsteine auf den Schädel geworfen und ihm so ein für allemal das Lebenslicht ausgeblasen hatte. Doch als Sinhá über eine so blutige Möglichkeit entsetzt war und ihr gestand, sie habe die Zweiglein nur zum Vorwand geworfen, um mit dem Kater ein Gespräch anzufangen, war die Kuh an der Reihe, Befremden zu zeigen:

»Mit dem Kater reden? Kannst du wirklich daran denken, du Närrchen? Bei Gott, sei doch nicht kindisch!«

Spanisch zu sprechen verlieh ihr Würde und machte sie müde, und wie müde! So fuhr sie auf Portugiesisch fort.

»Weißt du denn nicht, daß er ein Kater ist, ein böser Kater, und daß eine Schwalbe niemals Beziehungen zu einem Kater unterhalten kann, selbst wenn sie sich auf bloße Höflichkeitsfloskeln beschränken, ohne daß sie damit ihre Familie kompromittiert? Und daß die Kater Todfeinde der Schwalben sind, daß Tausende und aber Tausende deiner Vorfahren in den Krallen von Katern seines Schlages umgekommen sind? Und dabei spielte es keine Rolle, ob sie gestreift waren oder nicht.«

Sie fuhr in ihrer Strafpredigt fort. Was hatte sich dieses närrische Ding dabei gedacht, ein althergebrachtes Gesetz zu brechen, sich über Vorschriften hinwegzusetzen, die von der Zeit geheiligt waren, ihren Freunden solchen Schimpf anzutun, ihren Eltern derartigen Verdruß zu bereiten?

»Aber er hat mir doch gar nichts getan...«

»Er ist ein Kater, und noch dazu ein gestreifter!«

»Nur weil er ein Kater ist, und noch dazu ein gestreifter? Aber er hat doch ein Herz wie wir alle...«

»Ein Herz?« empörte sich die Hornlose Kuh, denn sie empörte sich sehr schnell, wie wir eben festgestellt haben. »Wer hat dir gesagt, daß er ein Herz hat? Wer?«

»Nun, ich dachte...«

»Hast du denn sein Herz gesehen? He?«

»Gesehen hab ich es nicht...«

»Na also!«

Sie redete noch lange. Sie erzählte, was ihr der Kater seinerzeit angetan hatte, und wieder vergoß sie ein paar Tränen, als sie sich an die Beleidigung erinnerte. Neue Ratschläge, neue Hinweise; Ratschläge zu geben war eine Spezialität der Hornlosen Kuh: Rezepte des Wohlverhaltens, voll heilsamer Moralität und ein klein wenig abgestanden. Sie erläuterte, wie sich ein junges Schwalbenmädchen aufzuführen hat, was sie tun darf und was ihr verboten ist. Vor allem darf sie nicht mit Katern reden, und auf gar keinen Fall mit dem Gestreiften Kater...

Die Schwalbe hörte aufmerksam zu, wie es die gute Erziehung verlangt, und sie wurde traurig. Sie durfte nicht mit dem Kater sprechen, sie hatte sehr schlecht daran getan, auch nur an so etwas zu denken. Die Kuh mußte recht haben, sie besaß Lebenserfahrung und sprach in einem gesetzten, würdevollen Tonfall. Aber die Schwalbe ist ein Dickkopf, sie begreift nicht, warum sie eine Sünde begeht, wenn sie mit dem Kater spricht. Auf jeden Fall versprach sie der Kuh hoch und heilig, dem Gestreiften Kater nie wieder Zweiglein auf den gelbschwarzen Rücken zu werfen und nicht einmal daran zu denken, mit ihm ein Gespräch anzufangen.

Doch der Schwur einer Schwalbe ist nicht viel wert, man darf ihm keinen übertriebenen Glauben schenken, und erst recht nicht dem Schwur einer kleinen Schwalbe mit einem Feuerköpfchen, die noch dazu etwas abenteuerlustig ist. Ich für meinen Teil hege keinen Zweifel: Schon als sie den Schwur ablegte, wußte sie, daß sie nicht imstande sein würde, ihn zu halten. Sie spürte dem Kater weiter nach. Sie warf keine Zweiglein mehr nach ihm, aber, ach! nicht ihrem Schwur zuliebe, sondern aus Furcht, er könne fortlaufen, weil er glaubte, es sei ein Scherz des Windes gewesen. So spionierte sie ihm nach, tagaus, tagein, bis der Frühling seinen Einzug hielt...

Damit endet das Anfangskapitel, und wir kehren zu der Geschichte zurück, dorthin, wo wir sie aufgrund eines Fehlers im Erzählaufbau oder moderner literarischer Erkenntnisse wegen verlassen haben.

Ende der Frühlingszeit

Die Schwalbeneltern zankten mit Sinhá. Aber sie waren so gerührt von ihrem eigenen Heroismus – sie hatten den Mut gehabt, dem Gestreiften Kater die Stirn zu bieten, um ihre Tochter zu retten –, daß sie nicht allzulange schalten. Der Schwalbenvater sagte zur Schwalbenmutter:

»Wir lieben unsere Tochter, wir retten sie.«

Die Schwalbenmutter antwortete:

»Wir sind gute Eltern, wir beschützen unsere Tochter.«

Sie sahen sich an und bewunderten sich gegenseitig. Sie verboten der Schwalbe ausdrücklich, sich jemals wieder dem grimmigen Feind zu nähern. Wenn schon die Schwüre der jungen Schwalben keinen Wert haben, so bewirken schroffe Verbote nur, daß ihr Interesse und ihre Neugier angestachelt werden. Nicht, daß Sinhá eine von diesen Schwalben gewesen wäre, denen man nur zu sagen braucht: »Tu dies nicht!«, und sie tun es unverzüglich. Im Gegenteil, von Natur aus zärtlich und gehorsam, liebte sie ihre Eltern. Sie war wohlerzogen, liebenswürdig und gutmütig. Aber sie mochte es, wenn man sie mit guten, einleuchtenden Gründen von den Dingen überzeugte, und niemand hatte ihr bis jetzt bewiesen, daß es eine Sünde oder ein Vergehen sei, freundschaftliche Beziehungen zu dem Gestreiften Kater zu unterhalten. So hatte sie am Abend, als sie ihr reizendes Köpfchen auf das Rosenblatt legte, das ihr als Kopfkissen diente, beschlossen, das Gespräch am folgenden Tag fortzusetzen:

»Er ist häßlich, aber er ist sympathisch...«, murmelte sie im Einschlafen.

Auch der Gestreifte Kater dachte in dieser ersten Frühlingsnacht an die spröde Schwalbe Sinhá, als er den Kopf auf sein Kissen legte. Das war übrigens ein Gegenstand, den er gar nicht besaß: ein Kopfkissen. Der Gestreifte Kater war nicht nur böse und häßlich, sondern auch noch ein armer Teufel; er pflegte seinen Kopf auf die Pfoten zu legen. Da er an Luxus nicht gewöhnt war, beklagte er sich nicht darüber. Doch spürte er schmerzlich den Mangel an anderen Dingen: an Zuneigung, an Zärtlichkeit und an Wiener Würstchen.

Er legte sich erst spät zur Ruhe. Vorher war er kreuz und quer durch den Park gelaufen. Er hatte die Rinde von den Baumstämmen gekratzt, hatte ohne erkennbaren Grund miaut, und er hatte den Wunsch verspürt, wieder auf den Dächern herumzustromern, wie er es in fernen Jünglingsjahren getan hatte. Der gute Geruch der Erde stieg ihm in die Nase, und seine großen Schnurrbarthaare bewegten sich unruhig. Er fühlte sich sehr jung, er hatte sogar Lust, mit den Hunden um die Wette zu rennen.

Er hätte es gewiß getan, wenn sich die jungen Hunde nicht ängstlich davongemacht hätten, als er näher kam. Er fühlte sich so erschöpft und zugleich von unbestimmtem Verlangen erfüllt, daß er vor sich hin murmelte:

»Ich glaube, ich bin krank.«

Er legte die Pfote an die Stirn und stellte fest:

»Ich glühe ja im Fieber...«

Als er bei Einbruch der Nacht zu seiner Lagerstatt zurückkam – es war ein alter Samtfetzen –, sah er eine Blume, und in ihr spiegelten sich die mandelförmigen Augen der Schwalbe. Fiebernd lief er zum See, um zu trinken, und auch im Wasser erblickte er das lächelnde Bild der Schwalbe. Und er erkannte sie in jedem Blatt, in jedem Tautropfen, in jedem Strahl der untergehenden Sonne, in jedem Schatten der hereinbrechenden Nacht. Dann entdeckte er sie, in Silber gekleidet, im Vollmond und schickte ein schmerzliches Miauen hinauf. Die Nacht war schon weit vorangeschritten, als er endlich einschlafen konnte. Er träumte von der Schwalbe. Seit vielen Jahren war es das erstemal, daß er träumte.

Soll ich daraus schließen, daß sich der Gestreifte Kater – mit den häßlichen grauen Augen, mit dem düsteren Ruf der Boshaftigkeit – verliebt hatte? Nun, da er und die Schwalbe schlafen und nur noch die Alte Eule wach ist, erlaube ich mir, ein bißchen zu philosophieren. Das ist ein allgemein anerkanntes Recht der Geschichtenerzähler, und ich muß Gebrauch davon machen, zumindest, um mich der allgemeinen Regel nicht zu entziehen. Ich möchte sagen, daß es Menschen gibt, die nicht an die Liebe auf den ersten Blick glauben. Andere hingegen glauben nicht nur an sie, sondern versichern sogar, sie sei die einzige wahre Liebe. Die einen haben ebenso recht wie die andern. Denn die Liebe ruht im Herzen aller Wesen, sie schläft, und eines schönen Tages erwacht sie, beim Herannahen des Frühlings oder sogar im härtesten Winter. Im Frühling ist es leichter, aber das ist schon ein anderes Thema und gehört nicht hierher.

Beim unerwarteten Anblick eines anderen Wesens erwacht die Liebe plötzlich aus ihrem Schlummer. Selbst wenn wir dieses Wesen schon kennen, ist es, als sähen wir es zum erstenmal, deshalb spricht man von Liebe auf den ersten Blick. So war es auch mit der Liebe des Gestreiften Katers zu der Schwalbe Sinhá. Erwarten Sie nicht von mir, daß ich Ihnen erkläre oder enthülle, was in dem kleinen, aber tapferen Herzen der Schwalbe Sinhá vorging. Ich bin nicht so töricht, daß ich mich für fähig halte, das Herz einer Frau zu verstehen, und noch weniger das Herz einer Schwalbe.

Solcherlei Betrachtungen verwirrten den Gestreiften Kater nicht in jener Nacht. In Wirklichkeit hielt er sich keineswegs für verliebt. Er kam gar nicht auf diesen Gedanken. Als er jung war, hatte er sich jede Woche aufs neue verliebt, meistens am Dienstag, und am Freitag war seine Leidenschaft wieder abgekühlt, denn er war ein fauler Kater und hielt sich den Sonnabend, Sonntag und Montag frei, um sich auszuruhen. Er brach unzählige Katzenherzen, er liebte Katzen von jeglicher Farbe, ein aschgraues Kaninchen und eine junge Füchsin. Aber das war schon so lange her, daß er sich nicht einmal mehr an Namen und Umstände erinnerte. Er lebte ruhig in seinem Winkel, wie ich schon erzählt habe, er faulenzte in der Sonne, genoß die sanfte Liebkosung des Windes, die Frische der Sommernächte, die angenehme Kühle des Winters. Jetzt kam der Frühling und störte ihn in seiner Geruhsamkeit.

Als er am nächsten Tag aufstand und sich das Gesicht wusch, dachte er an die Schwalbe und entsann sich des Traums, der ihn durch die Nacht begleitet hatte: Er und Sinhá stritten über Schönheit und Häßlichkeit. Er lachte: »Gestern war ich krank« und beschloß, nicht mehr an die Schwalbe zu denken. Er wandte sich seinem Lieblingsplätzchen zu, um sich auf dem alten Samtfetzen von der Sonne wärmen zu lassen. Langsam begann das Leben im Park.

Da liegt er also, der Gestreifte Kater. Wie immer weit ausgestreckt, damit ihn die angenehme Frühlingssonne ganz einhüllen kann. Aber eines ist verwunderlich, es gelingt ihm nicht, die Augen zu schließen, wie er es sonst zu tun pflegt. Die Erfahrung hatte ihn gelehrt, daß man die Wärme der Sonne und die Kühle des Windes mit geschlossenen Augen viel besser genießen kann. Jedoch an diesem zweiten Frühlingstag hielt er die Augen offen und blickte unentwegt auf den Baum, wo am Vorabend die Schwalbe Sinhá gesessen hatte. Als er das bemerkt, wird er wütend. Er wendet den Blick ab, beginnt langsam zu pfeifen und sucht nach einer anderen Aussicht. Er sieht nach den jungen Hunden, sie rennen herum, die Dummköpfe wissen nicht, was sie anderes tun sollen, er sieht nach den dichtbelaubten Bäumen und sogar nach dem Papagei, der damit beschäftigt ist, seine Morgengebete zu sprechen. Der Papagei hält eine Hand auf die Brust gepreßt und hat die Augen zum Himmel gerichtet. Als der Kater seine salbungsvolle, fast geistliche Miene sieht, kann er nicht anders, er muß ihm die Zunge herausstrecken. Von der unerwarteten und bedrohlichen Geste des Katers beunruhigt, unterbricht der Papagei sein Gebet und grüßt: »Guten Tag, mein liebster Doktor Gestreifter Kater. Wie steht's mit der Gesundheit? Gottlob, hoffentlich gut?«

Der Kater würdigt ihn keiner Antwort. Vor allem sieht er schon wieder starr auf den Baum, wo am Vorabend die Schwalbe gesessen hat. Während er Ausschau hält in der Hoffnung, die Kleine zu sehen, erkläre ich, warum der Kater dem Papagei diese häßliche Fratze gezogen hat. Er hat es nicht, wie man vielleicht meinen könnte, aus mangelnder Achtung vor der Religion getan. Der Gestreifte Kater kann nur keine Heuchler leiden. Und der Papagei ist die Heuchelei in Person.

Die Eule – die das Leben aller Parkbewohner aus dem Effeff kannte – hatte dem Kater erzählt, daß der Meister Papagei unter dem Deckmantel der Frömmigkeit nichts weiter war als ein Liederjan. Er hatte der kleinen Weißen Ente, der Schwarzweißgefleckten Henne, einer kleinen Turteltaube, die er im Katechismus unterwies, ehrenrührige Anträge gemacht; ja, sogar der Eule hatte er, ohne Respekt vor ihrem Alter, eine zweideutige Einladung zugeflüstert. Und die Sache mit dem Taubengei? Ach! Diese Sache mit dem Taubengei verdient es, erzählt zu werden. Eines Tages bekam die Brieftaube einen wunderlichen Sohn: einen Täuber, der die Sprache der Menschen beherrschte. Der Brieftäuber war ein Dummkopf, außerdem war er fast immer auf Reisen, denn er trug die ganze Briefpost des Parks aus. Der Geburtsurkunde nach war »der Kleine« sein Sohn, aber die Eule sagte, es sei etwas faul daran. Denn wer außer dem Papagei beherrschte hier im Park die Sprache der Menschen? Die jungen Hunde verstanden sie zwar, aber sie sprachen sie nicht selbst. Und zudem hielt sich der Papagei ständig im Haus der Brieftaube auf, wenn ihr Mann nicht zu Hause war, unter dem Vorwand, ihr »geistige Nahrung« zu bringen. Zum Glück war der Brieftäuberich ein gutmütiger Kerl.

Der Gestreifte Kater hatte durchaus nichts gegen Liederjane. Niemals beteiligte er sich an dem Getuschel des Parks über die Abenteuer des Hahnes, eines eingefleischten und vielbeneideten Polygamen, eines Moslems, der seinem buntgemischten Harem jeden Tag ein weiteres Hühnchen hinzufügte. Sowohl die Täuber, die überzeugte Monogamen waren, als auch der Schwarze Erpel, ein unfreiwilliger Monogam, da es nur eine Ente im Park gab, zeigten sich höchst entrüstet über das ausschweifende Leben des Hahnes. Auch die Hornlose Kuh: Sie schüttelte in stummer Verurteilung den Kopf. Nur der Kater maß der Sache keine Bedeutung bei. Er hatte nichts gegen die Lüstlinge, aber gegen die Scheinheiligen, die Maskenträger, wie der Papagei einer war. Deshalb streckte er ihm die Zunge heraus, was natürlich eine beleidigende und verwerfliche Geste ist.

All das habe ich erzählt, weil ich hoffte, die Schwalbe Sinhá würde in der Zwischenzeit kommen und sich auf dem Baum gegenüber dem Kater niederlassen. Aber sie ist nicht gekommen, die Undankbare! Und so wollen wir unseren Gestreiften Freund wieder aufsuchen, der jetzt gar nicht mehr fröhlich ist, sondern sich in einem ganz anderen Gemütszustand befindet als zu dem Zeitpunkt, da wir ihn verlassen haben. Die verspielte Miene, mit der er erwacht war, hatte er verloren, die Unbeschwertheit, die er seit dem Vorabend gespürt hatte, war verflogen, der große Schnurrbart hing mut- und lustlos herab. Bei dem Gestreiften Kater war das ein trauriges und gefährliches Anzeichen. Der Schnurrbart war der Gradmesser seiner Laune.

Er starrt noch einmal auf den Baum, schon so oft hat er es getan... Er sieht die Schwalbe nicht, der Schatten des Baumes fällt auf seinen großen Körper. Seine grauen Augen verdunkeln sich. Warum ist sein Herz jetzt so traurig? Dabei ist ringsumher Frühling.

Da steht er plötzlich auf. Warum er das tut, könnte er selbst nicht er-

klären. Vielleicht, um in der Sonne zu bleiben? Er steht auf und geht fort. Und auf einmal wird er gewahr, daß ihn seine Füße – hat er sie denn nicht mehr in der Gewalt? –, ohne daß er es gemerkt hat, bis in die Nähe des fernen Baumes getragen haben, auf dem die Familie der Schwalbe Sinhá wohnt. Dazu muß ich erläutern, daß dieser Baum am anderen Ende des Parkes stand.

Sinhás Eltern waren ausgeflogen, um Nahrung zu suchen. Die Schwalbe Sinhá hatte den Kater herankommen sehen und erwartete ihn lächelnd. Der Gestreifte Kater bleibt unter dem Baum stehen, er späht hinauf, er entdeckt die Schwalbe. Da sieht er, wohin er geraten ist, ohne daß er es wollte. Er wird wütend. Was habe ich denn hier verloren? Er beschließt, schnell umzukehren (verdammt! Seine Füße sind so schwer, als wären es Bleiklumpen), aber die Schwalbe spricht mit ihrer sanften Stimme:

»Sagen Sie mir denn nicht guten Tag, Senhor Schlechterzogen?«

»Guten Tag, Sinhá...« – es lag sogar ein gewisser Wohlklang in der tiefen Stimme des Katers.

»Senhorita Sinhá, bitte.«

Aber weil er ein trauriges Gesicht machte (wenn er traurig war, sah er noch häßlicher aus als sonst), gab sie nach:

»Nun gut... Sie können mich Sinhá nennen, wenn es Ihnen Spaß macht... Und ich werde Sie Häßlicher nennen.«

»Ich habe Ihnen doch schon gesagt, daß ich nicht häßlich bin.«

»Pah! Wie eingebildet! Sie sind das häßlichste Wesen, das ich kenne. Im Vergleich zu Ihnen ist meine Patin, die Eule, eine Schönheitskönigin...«

Was habe ich hier eigentlich verloren? dachte der Gestreifte Kater. Diese junge Schwalbe, fast noch ein Kind, erwies ihm nicht den gebührenden Respekt. (Wünschte er sich denn wirklich, daß sie ihm mit Respekt begegnete?) Sie beleidigt ihn, sie greift ihn an, sie nennt ihn häßlich. Das kam daher, daß er irgendeiner jungen Schwalbe Vertrauen geschenkt hatte. Was war sie denn mehr als eine Studentin, die Religionsstunden beim Papagei nahm, was konnte sie schon im Kopf haben, welche Art Gespräch konnte sie führen mit ihm, einem seriösen und weitgereisten Kater, der sich für etwas Besseres hielt, für gebildeter als alle andern im Park und der – vor allem – ein schöner Kater zu sein glaubte? Er beschloß, sich zurückzuziehen und nie mehr ein Wort mit der respektlosen Schwalbe zu wechseln. (Ach! seine Füße waren schwer wie Blei, als hingen ein paar Tonnen daran...) Mit Mühe brachte er hervor:

»Auf bald...«

»Ach so, der Senhor ist beleidigt... Sie sind noch eingebildeter, als Sie häßlich sind...«

Warum, zum Teufel, begann er das alles lustig zu finden? Jetzt waren es nicht mehr allein die Füße, die ihm nicht gehorchten, auch sein Mund öffnete sich zu einem Lächeln, obwohl er ernst bleiben und ein böses Gesicht machen wollte. Eine breite Verschwörung gegen den Gestreiften Kater. Die Schwalbe plapperte endlos weiter – ein schönes junges Mädchen vom Lande, dessen Jugend alles ringsumher beherrscht.

»Sie brauchen nicht fortzulaufen. Ich nenne Sie nicht mehr häßlich. Von jetzt an sage ich nur noch Schöner zu Ihnen.«

»Das will ich auch nicht...«

»Wie soll ich Sie denn anreden?«

»Kater.«

»Kater, das kann ich nicht.«

»Warum nicht?«

Ob sie traurig geworden ist? Jetzt ist ihre Stimme gar nicht mehr lustig. Der Gestreifte Kater wiederholte seine Frage:

»Warum können Sie das nicht?«

»Mit einem Kater darf ich mich nicht unterhalten. Die Kater sind die Feinde der Schwalben.«

»Wer hat Ihnen das gesagt?«

»Das ist die Wahrheit. Ich weiß es.«

Der Kater machte ein schrecklich trauriges Gesicht. Aber die Schwalbe Sinhá liebte die Fröhlichkeit und konnte niemanden traurig sehen. So fuhr sie fort: »Aber wir sind keine Feinde, nicht wahr?«

»Nein, niemals.«

»Dann können wir uns unterhalten.«

Doch gleich darauf fügte sie hinzu:

»Gehen Sie, Papa kommt nach Hause. Nachher komme ich auf den Pflaumenbaum, um mit Ihnen zu schwatzen, mein großer Häßlich...«

Der Kater lacht und versucht, zwischen den Grasbüscheln unterzutauchen, die ringsum hervorsprießen. Er ist wieder fröhlich. Während er flink durch das Gestrüpp gleitet, denkt er an das Gespräch mit der Schwalbe, und ihre melodische Stimme klingt ihm noch in den Ohren. Sie durfte sich nicht mit einem Kater unterhalten. Die Kater sind böse, ein paar von ihnen hat man auf frischer Tat ertappt, wie sie Schwalben zum Frühstück verspeisten, da war schon etwas Wahres daran. Wie war es nur möglich, so böse zu sein? Wie konnte man ein so zartes und schönes Wesen wie die Schwalbe Sinhá zum Frühstück verspeisen?

Er legt sich unter den Pflaumenbaum, der in voller Blüte steht. Kurz darauf kommt die Schwalbe, sie beschreibt Kreise in der Luft, ihr Flug ist ein phantasievoller schöner Frühlingsreigen. Senhor Nachtigall beginnt in der Ferne zu singen, er folgt ihr mit den Blicken, und sein Liebeslied erfüllt den Park.

Als sie sich auf einen niedrigen Ast setzt, klatscht der Kater Beifall. Sie führen das unterbrochene Gespräch fort.

Ich will diese Gespräche hier nicht alle niederschreiben, weil sie sich alle ein wenig ähnelten und nur einige im Laufe der Zeit einer Liebesgeschichte würdig wurden. Vielleicht werde ich später noch eins wiedergeben, wenn sich die Gelegenheit bietet. Einstweilen will ich nur festhalten, daß sie den ganzen Frühling hindurch schwatzten, ohne daß es ihnen an Gesprächsstoff gemangelt hätte. Sie lernten einander kennen, jeder Tag brachte eine neue Entdeckung. Und sie sprachen nicht nur miteinander. Gemeinsam – er lief durch das grüne Gras, sie flog durch das Blau des Himmels – trieben sie sich im ganzen Park herum, sie fanden entzückende Eckchen, entdeckten immer neue Farbschattierungen an den Blumen, den dauernden Wechsel der milden Brise und eine Fröhlichkeit, die vielleicht mehr in ihnen selbst war als in den Dingen ringsumher. Oder die Freude war gegenwärtig in allen Dingen, aber sie hatten sie vorher nicht gesehen. Denn wir haben Augen, zu sehen, und Augen, nicht zu sehen, es hängt vom Gemütszustand jedes einzelnen ab.

Schließlich will ich erwähnen, daß sie schon du zueinander sagten.

Wenn sie sich am Morgen zum erstenmal sehen, fragt er sie: »Was hast du seit gestern getan? Du bist heute noch schöner als gestern und sogar schöner als in den letzten Nächten, wenn ich dich im Traum gesehen hab...«

»Erzähl mir doch deinen Traum. Ich erzähle dir meinen nicht, weil ich von einem Burschen geträumt hab, der furchtbar häßlich war: von dir...«

Beide lachten, er das tiefe Lachen eines schlechten Katers, sie das silberhelle Lachen eines jungen Schwalbenmädchens. So geschah es im Frühling.

Die Zeit des Sommers

Dies ist ein kurzes Kapitel, weil der Sommer mit seiner glühenden Sonne und seinen sternenerfüllten Nächten sehr schnell vorüberzog. Die Zeit des Glücks vergeht immer schnell. Die Zeit ist ein schwieriges Geschöpf. Wünschen wir, daß sie sich in die Länge ziehen, daß sie träge zögern möge, dann flieht sie eilig dahin, man spürt nicht, wie die Stunden verrinnen. Wollen wir aber, daß sie schneller dahinfliegt als der Gedanke, weil wir leiden, weil wir eine schlechte Zeit durchleben, dann schleicht sie endlos, und quälend langsam ziehen die Stunden an uns vorbei.

Die Zeit des Sommers war kurz für den Kater und die Schwalbe. Sie füllten sie aus mit Streifzügen durch den Park, langen Gesprächen im Schatten der Bäume, mit Lächeln, geflüsterten Worten, schüchternen, aber beredten Blicken und auch mit der einen oder andern kleinen Verstimmung...

Ich weiß nicht, ob Verstimmung das rechte Wort ist. Ich will es erklären: Manchmal fand die Schwalbe den Kater niedergeschlagen, mit hängendem Schnurrbart und noch dunkleren Augen. Immer hatte das den gleichen Grund: Die Schwalbe war mit Senhor Nachtigall ausgegangen, hatte sich mit ihm unterhalten, oder sie hatte bei ihm Gesangsunterricht – denn Senhor Nachtigall war ihr Lehrer. Die Schwalbe verstand das Benehmen des Gestreiften Katers nicht, seine plötzlichen Traurigkeiten, die schwierige Minuten des Schweigens mit sich brachten. Zwischen ihr und dem Kater war niemals ein Wort der Liebe gewechselt worden, und außerdem war der Nachtigall für die Schwalbe so etwas wie ein Bruder, wie sie sagte.

Eines Tages, als sich die Gesangsstunde über das normale Maß hin ausgedehnt hatte – und der Schnurrbart des Katers so tief herabhing, daß er die Erde berührte, bat sie ihn, ihr zu erklären, warum er so traurig war. Der Gestreifte Kater antwortete: »Wenn ich kein Kater wäre, so würde ich dich bitten, meine Frau zu werden...«

Die Schwalbe schwieg, es war ein Schweigen wie tief in der Nacht. War sie überrascht? Ich glaube nicht, denn sie hatte schon erraten, was im Herzen des Katers vorging. War sie ärgerlich? Das glaube ich auch nicht, die Worte waren ihrem Herzen angenehm. Aber sie hatte Angst. Er war ein Kater, und die Kater sind die Todfeinde der Schwalben.

Sie flog dicht über den Kater hin und streifte ihn leicht mit dem linken Flügel, er konnte die Schläge des kleinen Herzens der Schwalbe Sinhá hören. Sie gewann an Höhe, noch von weitem sah sie sich nach ihm um. Es war der letzte Sommertag.

Klammer über die Klatschbasen

(Die Hornlose Kuh murmelte dem Papagei ins Ohr: »Wo hat man so was schon gesehn? Eine Schwalbe, aus der gefiederten Rasse der Schwalben, die sich in einen Kater aus der Rasse der Raubkatzen verliebt? Wo hat man so was schon gesehn, wo hat man so was schon gesehn?« Und der Papagei lispelte der Hornlosen Kuh

ins Ohr: »Wo hat man so was schon gesehn, Vater unser, der Du bist im Himmel, eine Schwalbe, die sich heimlich mit einem Kater in den Ecken herumdrückt? Ave Maria Gratia Plena, man sagt ja, man sagt ja, doch ich glaube es nicht, ich glaube es nicht. Ich glaube an Gott den Vater, aber es kann sein, aber es kann sein, Salve Regina, Mater Misericordiae, daß er sie heiraten will, Gott bewahre und beschütze mich, aber wenn sie ihn mag, aber wenn, amen.« Und der Täuberich sagte leise murmelnd zur Taube: »Wo hat man schon eine Schwalbe gesehen, eine schöne Schwalbe, eine närrische Schwalbe, die sich mit einem Kater herumtreibt? Es gibt ein Gesetz, ein altes Gesetz: der Täuber mit der Taube, der Erpel mit der Ente, der Vogel mit dem Vogel, der Hund mit der Hündin und der Kater mit der Katze. Wo hat man schon eine Schwalbe gesehen, die sich mit einem Kater verlobt?« Und die Taube flüsterte dem Täuber zu: »Das ist das Ende der Welt, die Zeiten haben sich gewandelt, die Leute haben alle Achtung vor den Gesetzen verloren.« Der Hund murmelte der Hündin ins Ohr: »Die arme Schwalbe, sie geht mit dem Kater, sie ahnt nicht, daß er nichts anderes im Sinn hat, als sie eines Tages zum Frühstück zu verspeisen.« Kopfschüttelnd antwortete die Hündin: »Der Kater ist böse, er will die arme Schwalbe nur zum Frühstück verspeisen.« Und der Erpel sagte zur Ente Pepita: »Ich verurteile das ungehörige Betragen dieser albernen Schwalbe. Es ist gefährlich, unmoralisch und häßlich. Sie unterhält sich mit dem Kater, als ob er kein Kater wäre. Und noch dazu mit dem Gestreiften Kater, einem geborenen Verbrecher und Lombrosianer.« Und so antwortete die Ente Pepita dem Redseligen Enterich: »Die Ente mit dem Erpel, die Taube mit dem Täuber, die Hündin mit dem Hund, das Huhn mit dem Gockel, die Schwalbe mit dem Vogel, die Katze mit dem Kater.« Und die Bäume tuschelten, als der Wind vorüberstrich: »Wo hat man so was schon gesehn? Wo hat man so was schon gesehn? Wo hat man so was schon gesehn?« Und die Blumen erröteten und säuselten der Erde ins Ohr: »Eine Schwalbe darf nicht, darf nicht heiraten, einen Kater heiraten.« Und sie sangen im Chor: »Es ist eine Todsünde!« Der Vater der Schwalbe hörte die Gerüchte, es hörte sie auch die Mutter der Schwalbe. Der Schwalbenvater sagte ärgerlich zur Schwalbenmutter: »Um unsere Tochter steht es schlecht, unsere Tochter treibt sich mit dem Gestreiften Kater herum.« Die Mutter antwortete: »Unsere Tochter ist eine Närrin, heiraten muß sie.« Der Vater fragte: »Heiraten? Aber wen denn?« Die Mutter sagte: »Den Nachtigall muß sie heiraten, er hat schon mit mir gesprochen.« Und der ganze Park billigte die Sache: »Welch gute Partie für die Schwalbe. Senhor Nachtigall ist schön und liebenswürdig, er kann gut singen, er gehört zur gefiederten Rasse, ihn kann die Schwalbe sehr gut heiraten. Nur den Gestreiften Kater kann sie nicht heiraten, eine Schwalbe mit einem Kater, wer auf der Welt hat so was schon gesehn?« Und der Papagei sagte: »Amen, amen, dreimal amen.«)

Die Zeit des Herbstes

Am nächsten Tag kam der Herbst und schüttelte die Blätter von den Bäumen. Der Wind fröstelte und sauste pfeifend durch den Park, um sich zu erwärmen. Der Herbst zog ein Gefolge von Wolken hinter sich her und malte mit ihnen den Himmel grau. Nicht nur die Landschaft veränderte sich mit den Jahreszeiten, wie der gebildete und begabte Leser wohl bemerkt hat. Auch das Verhalten der Parkbewohner gegenüber dem Gestreiften Kater hatte sich spürbar gewandelt. Nicht, daß sie nicht mehr wütend auf ihn gewesen wären, nicht, daß sie ihm die früheren Kränkungen verziehen hätten. Aber sie hatten keine Angst mehr vor ihm, wie es das Getuschel über seine Geschichte mit der Schwalbe bewies, ein Getuschel, das sich aus einem schüchternen Wispern in ein lautstarkes Stimmengewirr verwandelt hatte. Wir erinnern uns, daß früher, auf den ersten Seiten dieser Geschichte, alle zitterten, wenn der Gestreifte Kater auch nur ein Auge aufmachte. Wie ist es also zu erklären, daß sie ihn jetzt nicht mehr fürchteten, daß sie seine Spaziergänge mit der Schwalbe beinahe öffentlich beredeten?

Das lag daran, daß der Kater den Frühling und Sommer über fröhlich und zufrieden gelebt hatte. Er hatte die anderen Parkbewohner nicht bedroht, keine Blumen mit seinen Pfoten zerfetzt, das Fell seines Rückens blieb glatt, wenn Fremde sich näherten, und er hatte auch nicht mehr den Schnurrbart gesträubt und kränkende Worte geknurrt, um die Hunde zu vertreiben. Er war zu einem sanften und liebenswürdigen Wesen

geworden, er grüßte die anderen Parkbewohner als erster, er, der früher fast niemals die ängstlichen Grußworte beantwortete, die sie an ihn gerichtet hatten.

Ich wage sogar zu behaupten, daß er in dieser Zeit gute und edle Gefühle hegte. Diese kühne Behauptung stützt sich auf die – übrigens kaum nennenswerte – Tatsache, daß er gewagt hatte, die Klapperschlange aus dem Park zu vertreiben, als sie im Sommer dort auftauchte. Alle hatten sich versteckt. Sogar die Dänische Dogge, die sich sonst den ganzen Tag über mit ihrem prahlerischen Gekläff hervortat.

Der Kater griff die Klapperschlange an, er konnte dem tödlichen Biß der Viper ausweichen und gab ihr so viele Schläge auf den Kopf, daß sie das Weite suchte und nie wieder in den Park zurückkehrte. Aber nur die Schwalbe Sinhá lobte die Tat des Katers. Alle anderen waren der Meinung, daß er der Schlange nur gegenübergetreten war, um sich ins rechte Licht zu setzen und den Tapferen zu spielen. Die Hornlose Kuh beklagte es sogar, daß die Schlange ihren tödlichen Biß verfehlt hatte. Der Papagei stufte den Vorfall als »äußerste Gefallsucht« ein.

Tatsächlich hielt man den Kater nach wie vor für einen bösen, unausstehlichen Kerl. Da er aber jetzt immer so freundlich war, zogen die Parkbewohner den Schluß, daß er zwar sehr böse, aber nicht mehr sehr gefährlich sei. Er war wohl alt und kraftlos geworden und versuchte deshalb, so seine Ehre zu retten. Sie verloren die Angst vor ihm. Der berechnende Papagei dachte sogar daran, eine Freundschaft mit ihm anzubahnen. Er wollte sich eng an den Kater anschließen und ihn gegen seine Feinde einspannen, zum Beispiel gegen den Erpel, der hinter seinem Rücken schreckliche Dinge von ihm erzählte. Der Kater duldete die Annäherungsversuche des Papageis (war dieser Heuchler nicht in gewisser Weise mit der Schwalbe Sinhá verbunden, da er sie in Religion unterwies?), doch vermied er jede Vertraulichkeit. Darüber gekränkt, verbreitete der Papagei im Park eine grausame Theorie, um die augenblickliche Liebenswürdigkeit des Katers zu deuten: Er hätte sein Verhalten geändert, weil er an einer unheilbaren Krankheit litte; er stände an der Schwelle des Todes und suchte Vergebung für seine Sünden.

Aus all dem darf man aber nicht auf eine allgemeine Boshaftigkeit der Parkbewohner schließen. Der schlechte Ruf des Gestreiften Katers war alt und eingewurzelt. Wie hätten sie verstehen können, daß sich der Kater geändert hatte, seitdem die Schwalbe in sein Leben getreten war? Wie sollten sie begreifen, daß unter der rauhen Schale, daß unter dem gesträubten Fell des Katers ein zärtliches Herz schlug?

So zärtlich war es, daß jener erste Herbsttag den Gestreiften Kater überraschte, wie er ein Sonett schrieb. In einen dicken wollenen Umhang gehüllt (er war sehr verfroren), zählte der Kater die Silben an den Fingern ab und suchte nach Reimen in einem großen Wörterbuch, das der Feder des berühmten Grammatikers Ameisenbär entstammte: Er war Inhaber des Nationalen Literaturpreises und Mitglied der Akademie für Sprache und Dichtkunst. Ja, der Kater schrieb tatsächlich ein Sonett. Ich besitze eine Abschrift dieser einzigen literarischen Schöpfung des Gestreiften Katers. Der Kater war ein seriöses Wesen und hatte sich stets von solchen Spielereien ferngehalten. Der Unk Cururu – der sich in seinen Mußestunden der Literaturkritik widmet – gab mir die Abschrift als Musterbeispiel schlechtester lyrischer Dichtung, und er hat recht damit. Außerdem entdeckte der berühmte Unk in der kurzen poetischen Schöpfung des Katers ein ungeheuerliches Plagiat, und niemand zweifelt an der Behauptung des Unks Cururu, denn er ist eine unbestrittene Autorität.

Damit sich der Leser vom Wert des Sonetts und von den Vorwürfen gegen den Gestreiften Kater selbst ein Bild machen kann, will ich das erwähnte lyrische Stück wiedergeben. Allerdings nicht im Hauptteil der Geschichte, denn schließlich ist dies hier kein Poesiealbum – und erst recht kein Album mit plagiierten und sehr schlechten Sonetten –, sondern bekanntlich eine Geschichte, die der Wind der Morgenfrühe erzählte und die die Morgenfrühe dem Vater Zeit erzählte, um eine blaue Rose zu gewinnen. So öffne ich jetzt eine neue Klammer, diesmal eine poetische.

Nur um eines bitte ich: Der Leser möge bei der Beurteilung des Sonetts dem Kater seine gute Absicht anrechnen, die dichterische Leier zu rühren, und seinen Mangel an Berufung und literarischer Geschicklichkeit dabei mit Nachsicht betrachten. Nicht nur in einen Umhang gegen Kälte hüllte sich der Gestreifte Kater an jenem Morgen lyrischer Inspiration, er hüllte sich auch in einen Umhang der Liebe. Die Poesie wohnt nicht allein in den Versen, manchmal wohnt sie auch im Herzen, und sie ist so groß, daß sie in den Worten nicht Platz hat.

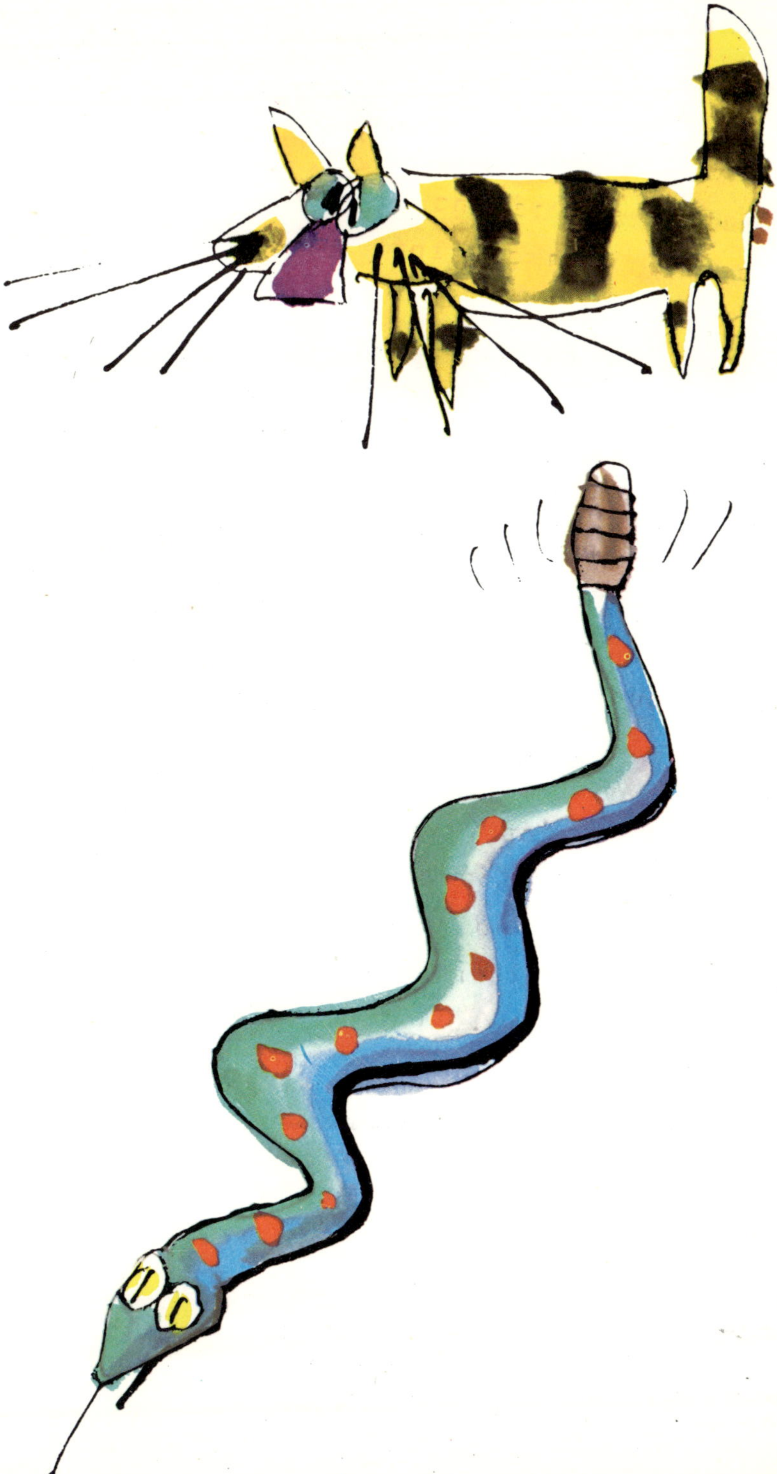

Poetische Klammer:

Sonett von der unmöglichen Liebe
Meiner angebeteten Schwalbe Sinhá

(Die Schwalbe Sinhá
Die Schwalbe Sinhô
Die Schwalbe schlug mit den Flügeln
und flog.

Trauriges Leben das Leben mein,
ich kann nicht singen, ich kann nicht fliegen,
hab keine Flügel und hab keine Federn,
versteh kein Sonett zu schreiben.

Die Schwalbe liebe ich sehr
und möchte mich mit ihr vermählen.
Doch die Schwalbe, die will nicht,

Sie kann sich mit mir nicht vermählen,
denn ich bin ein gestreifter Kater,
ach!)
Gestreifter Kater

Postskriptum

Um dem Leser eine konkrete Grundlage für ein sicheres Urteil zu geben, öffne ich im folgenden eine weitere, diesmal eine kritische Klammer. Der Leser mag sich wundern, daß die Geschichte so oft von Klammern unterbrochen wird, wobei es sich der Autor wohl sein läßt, vielleicht hält er ein Nickerchen oder macht einer Frau den Hof. Aber tatsächlich zieht er Nutzen daraus, denn statt sich bei blutarmer Literatur, bei belanglosen Geschichtchen zu langweilen, bildet er sich, wenn er den tiefsinnigen Text liest, den wir der Feder des hervorragenden Unks Cururu verdanken, des Mitglieds der Akademie und des Instituts, des großen Literaturkritikers und Professors für Kommunikationswissenschaften. Der Meister hat das Wort.

Kritische Klammer

Geschrieben auf Bitten des Autors
vom Unk Cururu,
Mitglied des Instituts

(»Der zur Diskussion stehende poetische Text ermangelt tiefer Ideen. Er weist zahlreiche formale Mängel auf. Die Sprache ist nicht intakt; die grammatische Konstruktion entspricht nicht den traditionellen Normen der genialen Dichter der Vergangenheit; der obligatorisch strengen Metrik des Sonetts wird auf Schritt und Tritt Gewalt angetan; der Reim, der nach größtmöglichem Reichtum streben muß, ist in den seltenen Fällen, wo er uns in seiner anmutsvollen Gestalt erscheint, überaus armselig.

Unverzeihlich ist jedoch vor allem die sträfliche Tatsache, die im ersten Vierzeiler des erwähnten Sonetts aus der Feder des Gestreiften Katers sichtbar wird, ein deutliches und himmelschreiendes Plagiat eines unschicklichen Karnevalsliedes, das folgenden Text hat:

›Die Schabe Yayá,
Die Schabe Yoyá,
Die Schabe schlug mit den Flügeln
und flog.‹

Der Plagiator – den ich hier beim Schlafittchen gepackt habe, um ihn vor das Tribunal der öffentlichen Meinung zu stellen als einen Dieb, der er zweifellos ist, und noch dazu einer von den verworfensten, da er Gedanken stiehlt – der Plagiator, sage ich, plagiiert nicht nur, sondern er kopiert sogar Verse niederster Herkunft, Verse unwürdigen Gesindels. Wenn sich die Kräfte seines Verstandes als zu schwach erweisen, ein vollkommenes dichterisches Werk zu verfassen, dann sollte er wenigstens die großen Meister plagiieren, wie zum Beispiel Homer, Dante, Vergil, Milton oder Basílio de Magalhães.

Unk Cururu. Doktor«)

Fortsetzung der Zeit des Herbstes

Nachdem das Sonett des Gestreiften Katers kritisiert, diskutiert und verurteilt worden ist, wollen wir zu unserer Geschichte zurückkehren, das heißt, wir fahren mit dem Sonett fort, denn ich habe es nicht zufällig zitiert, sondern weil es etwas mit der Entwicklung der Ereignisse zu tun hatte.

Die Sache trug sich so zu: Am letzten Tag des Sommers, nach jener Szene zwischen der Schwalbe und dem Kater, hatte dieser ein langes Gespräch mit der Eule. Von allen Tieren des Parks war die Eule, wie schon erwähnt, die einzige, die den Gestreiften Kater schätzte. An jenem Abend war die Schwalbe nicht zurückgekehrt. Der Kater versuchte zu verstehen, was in ihr vorging, welche widersprüchlichen Gefühle sie bewegten. Da er sich traurig und einsam fühlte, entschloß er sich, mit der Eule zu sprechen. Diese erwachte eben aus ihrem Greisinnenschlaf und öffnete die Augen für die Nacht, ihre geliebte Freundin.

Der Kater setzte sich neben die Eule auf einen Zweig des Brotbaums, und sie sprachen zunächst von gleichgültigen Dingen. Die Eule aber, die Wahrsagerin war, hatte längst gemerkt, was den Gestreiften Kater zu ihr führte. Sie war aufrichtig: Sie erzählte ihm nicht nur, was im Park ge-

tuschelt wurde (worüber der Kater fast wahnsinnig wurde vor Wut), sondern sie sagte ihm schließlich auch, was sie selbst von der Sache dachte:

»Alter Freund, da ist nichts zu machen. Wie konntest du dir einbilden, daß die Schwalbe dich zum Manne nehmen würde? So etwas hat es noch nie gegeben... Selbst wenn sie dich liebte – und wer sagt dir denn, daß sie dich liebt? –, könnte sie dich doch keinesfalls heiraten. Solange es die Welt gibt, ist es den Schwalben verboten, Kater zu heiraten. Dieses Verbot ist mehr als ein Gesetz, und es ist mit tiefen Wurzeln in das Herz der Schwalben eingegraben. Du sagst, daß sie dich gern hat und wenn es von ihrem Willen abhinge, würde sie... Es ist schon möglich, und ich will es sogar glauben. Stärker als sie jedoch ist das Gesetz der Schwalben. Von ihrem ältesten Vorfahren, von der ersten Schwalbe her ist es in ihr verwurzelt. Und um ein Gesetz zu brechen, bedarf es einer Revolution...« Dann schloß sie kopfschüttelnd: »Es wäre übrigens sogar gut, wenn es eine kleine Revolution gäbe... Wir brauchen sie.«

Der Gestreifte Kater sagte nichts. Nicht einmal, daß er die Schwalbe liebte und daß er davon träumte, sie neben sich auf dem zerfetzten Stück Samt zu sehen. Er hatte vergessen, daß die Schwalben in Nestern auf Bäumen schlafen, während die Kater auf abgelegten Lumpen auf der Erde schlafen. Ohne etwas auf die Worte der Eule zu erwidern, verabschiedete er sich. Als er nach Hause kam, begann er das berühmte Sonett zu schreiben. Er brauchte zur Ausarbeitung des Gedichts die ganze Nacht und einen Teil des folgenden Vormittags. Alles, was er zustande brachte, war das schon beurteilte und verdammte Textstück.

Aber an diesem ersten Herbsttag traf er die Schwalbe. Sie war ernst, sie lächelte nicht, zeigte nicht die ihr sonst eigene leichte Fröhlichkeit, dieses zugängliche Wesen, das so bezaubernd an ihr war. Auch dem Gestreiften Kater gelang es nicht, seine Traurigkeit zu verbergen, die Worte der Eule lasteten ihm auf der Seele. Sie durchstreiften schweigend den Park und Gegenden, die sie im Frühling und im Sommer aufgesucht hatten. Ab und zu wechselten sie ein paar Worte, aber beide sahen aus wie Leute, die etwas Unvermeidliches umgehen wollten.

Dann kam die Stunde, wo die Schwalbe sich verabschieden mußte. Der Kater gab ihr das Sonett. Sie flog fort, aber immer wieder wandte sie ihr hübsches Köpfchen nach ihm um, sie hatte Tränen in den Augen.

Am nächsten Tag – ach, es war der längste Tag des Herbstes – erschien sie nicht. Vergeblich schlich er um den Baum herum, auf dem sie wohnte, er sah sie nicht. An diesem Abend dachte er an das Getuschel der Parkbewohner, und plötzlich begann er hinter dem Schwarzen Erpel herzurennen, er jagte dem Papagei (der eben seine Nachtgebete sprach) einen fast tödlichen Schrecken ein, er zerkratzte der Dänischen Dogge die Schnauze, er stahl Eier aus dem Hühnerstall, und – was der Gipfel der Bosheit war – er stahl sie nicht, um sie zu fressen, sondern er ließ sie irgendwo draußen liegen. Von neuem ergriff die Furcht vor dem Gestreiften Kater den Park, und der lärmende Tratsch erstarb zu heimlichem Geflüster.

Am dritten Tag des Herbstes warf ihm der Brieftäuber von weitem einen Brief zu (traute er sich nicht, näher zu kommen?). Der Kater las ihn so oft, bis er ihn auswendig konnte. Einen traurigen und endgültigen Brief von der Schwalbe Sinhá: »Eine Schwalbe kann niemals einen Kater heiraten.« Sie schrieb, daß sie einander nicht wiedersehen dürften. Sie gestand ihm aber auch, daß sie nur in der Zeit glücklich gewesen sei, als sie mit dem Gestreiften Kater durch den Park gezogen war. Und sie schloß: »Immer deine Sinhá.«

Sie hatte geschworen, ihn nicht wiederzusehen. Aber wie ich schon sagte und jetzt wiederhole: dem Schwur einer Schwalbe darf man keinen Glauben schenken. Wieder streiften sie gemeinsam durch den Park und suchten alle Winkel auf, die sie im Frühling entdeckt hatten. Nur daß sie sich jetzt fast gar nicht unterhielten, es war, als trennte sie ein unsichtbarer Vorhang.

So verbrachten sie den Herbst, eine graue Jahreszeit, in der die Bäume einer nach dem andern ihre Blätter abwerfen und der Himmel langsam sein Blau ablegt. Da der Gestreifte Kater wieder gefürchtet war und wie eh und je zurückgezogen lebte, da er mit keinem sprach, erfuhr er auch nicht, daß im Haus der Schwalbe sieben Schneiderspinnen an der Arbeit waren, um die Aussteuer der jungen Braut vorzubereiten. Die Hochzeit des Senhor Nachtigall mit der Schwalbe Sinhá sollte zu Beginn des Winters gefeiert werden.

Am letzten Tag des Herbstes, einem feuchten und trüben Tag, den ein vor Kälte schluchzender Wind durchraste, wollte die Schwalbe mit dem Kater alle Orte aufsuchen, die sie im Frühling und im Sommer liebgewonnen hatten. Sie war auffallend gesprächig und laut, zärtlich und voller Koketterie, als hätte sich plötzlich der Vorhang geöffnet, der sie von dem Gestreiften Kater trennte, als wäre auf einmal jene Distanz überwunden, die sich zwischen ihnen aufgetan hatte. Sie war die ein wenig närrische Schwalbe Sinhá, die sie im Frühling und im Sommer gewesen war, und der Gestreifte Kater betrachtete sie bewegt.

So streiften sie bis zum Einbruch der Nacht umher. Dann sagte sie, dies sei das letzte Mal gewesen, sie werde den Nachtigall heiraten, denn eine Schwalbe, ach, eine Schwalbe dürfe keinen Kater heiraten. Wie früher schon einmal, flog sie ganz dicht über ihn hin und berührte ihn mit dem linken Flügel – dies war ihre Art zu küssen –, aber diesmal konnte er das kleine Schwalbenherz nicht schlagen hören, so schwach waren seine Schläge. Sie flog durch die Lüfte davon und sah sich nicht mehr um.

Die Zeit des Winters

Dies müßte ein langes Kapitel sein, weil der Beginn des Winters eine Zeit der Leiden war. Aber warum soll man von traurigen Dingen reden, warum soll man von den Bosheiten des Gestreiften Katers erzählen, dessen Augen so grau waren, daß sie ganz dunkel wirkten? Von seiner Boshaftigkeit sprachen die Briefe der Parkbewohner, Briefe, die der Brieftäuber in andere, weit entfernte Parks trug. Die Nachrichten gelangten bis zu dem fernen Schlupfwinkel der Klapperschlange, und auch sie begann vor Angst zu zittern. Die Briefe erzählten davon, wie böse der Kater war, aber sie sprachen auch von seiner Einsamkeit. Niemals wieder hatte der Gestreifte Kater mit irgend jemandem gesprochen. Diese unendliche Einsamkeit rührte sogar die Teerose, die ihrem neuen Liebhaber, dem Jasmin, anvertraute:

»Der Ärmste! Er lebt so einsam, er hat nichts und niemanden auf der Welt...«

Die Teerose täuschte sich, wenn sie dachte, daß der Gestreifte Kater einsam lebte und nichts und niemanden auf der Welt hätte. Ganz im Gegenteil, er trug in sich eine Welt von Erinnerungen, von süßen Erlebnissen, freudigen Gedanken an frühere Zeiten. Ich kann zwar nicht sagen, daß er glücklich gewesen wäre und daß er nicht gelitten hätte. Er litt, aber noch war er nicht verzweifelt, noch nährte er sich von dem, was die Schwalbe ihm vorher gegeben hatte. Traurig war er dennoch, weil sich das Glück nicht nur von den Erinnerungen an die Vergangenheit nähren kann, es braucht auch Zukunftsträume.

An einem Tag voll milder Wintersonne wurde die Heirat zwischen der Schwalbe und dem Nachtigall vollzogen. Es gab ein großes Fest, einen Tisch voller Süßspeisen, und der Sekt floß in Strömen. Die standesamtliche Trauung fand im Haus der Braut statt, der Hahn war Standesbeamter und hielt eine feurige Rede über die Pflichten und Tugenden einer guten Ehefrau, besonders über die Treue, die sie dem Ehemann schuldig sei. Von der Treue des Mannes zur Frau sprach er nicht. Er war Mohammedaner und kein Heuchler: Jedem ist bekannt, daß der Hahn Don Juan de Rhode Island einen Harem sein eigen nennt. Die kirchliche Trauung fand auf dem Orangenbaum, der schönen Kapelle des Parks, statt. Seine Hochwürden Pater Aasgeier kam eigens aus einem weit entfernten Kloster, um die kirchliche Zeremonie zu vollziehen. Der Papagei diente als Sakristan, und am Abend trank er einen über den Durst. Die Rede des Aasgeiers ging zu Herzen. Die Mutter der Schwalbe vergoß viele Tränen.

Als der Hochzeitszug, von einem Vogelschwarm umgeben, die Kapelle verließ, sah die Schwalbe den Kater in seinem Winkel sitzen. Ich weiß nicht, wie sie es anfing, aber es gelang ihr, im Fluge das Blütenblatt einer roten Rose aus ihrem Brautstrauß über ihm fallen zu lassen. Der Kater legte es auf seine Brust, und es sah aus wie ein Blutstropfen.

Damit die Geschichte ein fröhliches Ende nehmen könnte, müßte ich das Fest beschreiben, das die Eltern der Schwalbe Sinhá am Abend veranstalteten. Vielleicht müßte ich auch ein paar von den Anekdoten erzählen, mit denen der Papagei die Hochzeitsgäste unterhielt. Alle Parkbewohner waren gekommen, alle außer dem Gestreiften Kater. Die Morgenfrühe beschrieb dem Vater Zeit die Feier in aller Ausführlichkeit, sie wußte Einzelheiten über die Festkleider, über die Speisenfolge, über den Tisch mit den Süßspeisen, über die Dekoration des Festsaals. Aber der Leser mag sich alle diese Dinge nach seinem Geschmack ausmalen. Ich will nur noch erwähnen, daß das Orchester der Vögel sehr lieblich

aufspielte und daß seine melodischen Klänge bis zu dem Gestreiften Kater drangen, der einsam im Park zurückgeblieben war. Nun gab es keine Zukunft mehr, mit der er seinen Traum der unmöglichen Liebe nähren konnte. Es war eine Nacht ohne Sterne, die Hochzeitsnacht der Schwalbe Sinhá. Er hatte nur ein rotes Blütenblatt auf dem Herzen, einen Tropfen Blut.

Die Nacht ohne Sterne

Die Musik tat ihm im Herzen weh. Ein Hochzeitslied für die Brautleute, für den Gestreiften Kater ein Grabgesang. Er nahm das Rosenblatt, betrachtete noch einmal den Park, den der Winter einhüllte, und ging langsam davon. Er kannte in weiter Ferne einen Ort, an dem nur die Klapperschlange lebt, der alle den Zutritt zu den Parks oder Pflanzungen verwehren. Der Kater wandte sich den schmalen Pfaden zu, die zum Kreuzweg am Ende der Welt führen.

Als er am Festhaus vorüberging, sah er die Brautleute herauskommen. Auch die Schwalbe sah ihn und erriet, wohin er seine Schritte lenkte. Da fiel etwas vom Himmel auf das Blütenblatt, das der Kater in der Pfote trug. Auf dem Blutrot des Rosenblattes erglänzte das Licht einer Träne der Schwalbe Sinhá. Es erleuchtete den einsamen Weg des Gestreiften Katers durch die Nacht ohne Sterne.

Hier endet die Geschichte, die der Wind der Morgenfrühe erzählte. Sie berichtete sie dem Vater Zeit, der ihr die versprochene blaue Rose schenkte. An manchen Frühlingstagen steckt die Morgenfrühe diese blaue Rose aus alten Zeiten auf ihr leuchtendes Kleid. Und dann sagt man, ein strahlender, blauer Morgen ist heraufgezogen.

Amen (schloß der Papagei).

Paris, im November 1948